近すぎて、遠い

椎崎夕

幻冬舎ルチル文庫

CONTENTS ✦目次✦

✦近すぎて、遠い

✦イラスト・花小蒔朔衣

近すぎて、遠い …… 3
もっと近くへ …… 227
あとがき …… 254

✦カバーデザイン＝小菅ひとみ（CoCo.Desigen）
✦ブックデザイン＝まるか工房

近すぎて、遠い

1

一か月振りに訪れた墓前に溢《あふ》れるほど供えられたトルコキキョウを目にして、浅川和《あさかわなぎ》は目を瞠《みは》った。

フリルに似た形のごく薄い白い花弁の、先端だけが縁取るように淡い紫に染まったその花を、今は亡き和の母親はことのほか好んでいた。今の今、和が持参した花束も、半分以上その花で作られている。

「和？　どうした」

「あ、うん。お墓に花があるんだけど……理史《まさちか》くん、昨日掃除に来た時にお供えしなかったよね？」

「してねえぞ。花と供え物は今朝《けさ》にって、昨日《きのう》掃除のあとで買いに行ったろ」

怪訝《けげん》そうな声とともに背後にやってきた大柄な人物――和の又従兄弟《またいとこ》にあたる浅川理史が足を止める。大股《おおまた》で和を追い抜いて墓前に立つと、しゃがみ込んで白い花に指を伸ばした。

和の両親の墓は、この霊園の中でもごく小さい部類だ。里から遠い土地で結婚し所帯を持った上、和にとっての祖父母も幼い頃に亡くなっていたという経緯から、夫婦ふたりだけでひっそりと眠っている。亡くなって四年目が経った今、年に一度の命日ならともかく、今日のような月命日にお参りに来るのは和とその付き添いの理史だけだったはずだ。

「今朝に供えたってとこだな。花が元気だし、水もやったばかりだ」

「でもまだ七時前だよ。誰かな」

「叔父さんか叔母さんの知り合いじゃねえか？　たまたま思い当たったとか時間が取れたとかだろ。ほら和、やってやるからその花寄越せ」

あっさり片づけられて判然としない気分になったものの、気を取り直して墓前に近づいた。花束を受け取った理史が新聞紙ごと地面に広げて仕分けていくのを横目に、和は先ほど理史が足下に置いていった籠《かご》から供え物に用意した和菓子を取り出す。パッケージごと墓前に置いてから、思いついて言った。

「花入れに入りきらないよね。空き瓶か何か、借りてこようか」

「足りなきゃ俺が行くから、おまえは適当に座ってストール被《かぶ》ってろ。冷やすなよ」

「平気。しっかり穿《は》いてきたし、ずっとカイロ当ててたし」

十月末の早朝はよく晴れていても肌がヒリつくように寒く、薄手の上着では震えそうな気温だ。それを見越して厚めのコートを羽織ってきたし、何より裏起毛のチノパンの下にはヒートテックのレッグウォーマーを穿いた上、冬用のサポーターまでつけている。さらに言うなら、霊園までの車中ではカイロを当てて膝掛《ひざか》けまでしていた。

なのに、理史は花切り鋏《ばさみ》を使いながら怖い目で和を見上げてきた。

「それでもだ。座りたくないんだったらせめてストールだけでも巻いとけ」

「それだと傍目《はため》にはスカート穿いてるみたいじゃん。っていうかさ、理史くん過保護過ぎ」

「やかましい。つべこべ言わずにやれ。それとも、力尽《ちからず》くでやってやろうか？」

手を止めた理史にじろりと睨《にら》まれて、降参するしかなくなった。――こういう言い方をした時の理史は、有言実行なのだ。

ため息混じりに、籠の中から折り畳んだストールを引っ張り出す。チノパンの上から腰に巻き付けて結んでから、邪魔にならない横に立って理史の手さばきを見つめた。

以前から知っていたことだけれど、理史の手は和のそれより筋張って大きいのにやたらと器用だ。無造作にまくり上げたセーターから覗《のぞ》く腕にも筋肉のしなやかな凹凸《おうとつ》が見えていて、自分との差に悔しくなる。そのくせ、やっぱり格好いいなと見惚《みと》れてしまう。

幸いなことに、花はすべて花入れに収まった。蠟燭《ろうそく》を灯《とも》し、線香を供えてお参りをすませてから、おもむろに和菓子を回収する。外したストールと一緒に籠に入れ、それを持った理史と並んで長い階段へと向かった。

左手で手摺《てす》りを握り、右の肘《ひじ》を理史に摑《つか》まれて階段を降りていく和の様子は、幼い子どもならありがちで微笑《ほほえ》ましいものだ。逆に成人済みの男がやったら奇妙に見えるのは明白で、すれ違った老婦人二人連れが怪訝そうに和を眺めていった。

四年前に遭った事故の後遺症で、和の右脚には少しばかり不自由があるのだ。平地を歩く

分にはさほど問題はないものの長距離では転びやすくなるし、下り階段や段差では手摺りが必要になる。

三年前から同居している理史は、和の苦手をよく知っている。先ほどしつこく冷やすなと口にしたのも、冬場は何かと右脚が痛む上にたびたび痙《つ》ってしまうからだ。そこに一回りほどの年齢差があれば、やたら過保護にされるのも無理はないのだろう。

階段を降りた先の緩やかな下り坂でも理史の腕を借りて駐車場に辿《たど》りつき、車に乗り込んでようやくほっとした。

「やっぱさ、ああいう時は杖《つえ》を使った方がよくない？　使わないと慣れないしさ」

何かあった時のためにと、和は折り畳み杖を常に携帯しているのだ。シートベルトを締めたあと、ウエストポーチに押し込んだそれを押さえながら言ってみたら、運転席の理史にさっくりと言い返された。

「俺がいる時に杖はいらねえだろ。今さら変に遠慮すんな。ああ、それと膝掛け掛けとけよ」

「はーい……」

月に一度の恒例の会話をしながらマンションに帰宅すると、いつもならとうに朝食を摂《と》っている時刻になっていた。

急がなければまずいが、まずは仏前だ。持ち帰った和菓子を仏壇の両親に供えて手を合わせた時、和はふと思い至る。

「もしかしてあの花、姉さんかな」

母親がトルコキキョウを一番好んでいたことを知っていて、なおかつそれを月命日に置いていくとなると、範囲はかなり絞られる。

その点、姉の美花《みか》ならそうしてもおかしくはない、けれども。

「ないよなあ……メールも来てなかったし」

両親の生前に結婚し、亡くなったのちに夫の転勤で引っ越していった姉は、ここから新幹線を乗り継いで丸一日、飛行機を使っても半日以上はかかる土地で暮らしていて、滅多なことでは帰ってこない。年末年始や盆にも夫の生家に顔を出すのが恒例になっていることもあって、和が姉と顔を合わせたのは二年前にあった両親の三回忌が最後だ。

「……理史くんには連絡来てないかな」

訊《き》いてみていいだろうかと悩みながら大学の準備をすませてリビングに急ぐと、すでにテーブルの上には彩りのいい朝食が置かれていた。

朝食は理史が作って夕食は和が、というのが同居を始めるにあたっての取り決めだ。理史の朝食は日によって和食だったり洋食だったりお粥《かゆ》になったりとバラエティに飛んでいるが、今日は具材たっぷりのクラムチャウダーときつね色に焼けた厚切りトーストにベーコンエッグとサラダという、完全な洋食だった。

「今日の大学は？」

「三コマで終わりだから、そのあと事務所に行く。理史くんは？」

「本店に八時までだな。たまにはどっかで夕飯すませて帰るか？」

席についた和の前に牛乳入りのマグカップを置きながら、理史が言う。つい顔を顰《しか》めた和をじろりと見据えてきた。

「牛乳は、残さず全部飲め。カルシウム摂らないと転ぶぞ」

「……飲むけど、その前にちょっとだけコーヒー入れてよ。まんまは苦手なんだって」

苦情を言った和を面白そうに眺めてから、理史は牛乳のカップに淹《い》れ立てのコーヒーを落としてくれた。ほっとしてようやくカップに口をつけた和を見て、可笑《おか》しそうに笑う。

「牛乳苦手とか言いながら、何でそれは飲めるんだろうなあ？　言っとくが、おまえが飲んでるのはコーヒー牛乳ですらねえぞ。コーヒー風味の牛乳だ」

「いいじゃんか、別に。それよりさっきの話だけど、外食は不可だよ。ちゃんと作るからうちにしよう。まずかったら改善点教えて」

外見はアウトドア人間そのものの理史の本業は、本人曰《いわ》く料理人だ。友人との共同経営という形で複数の店舗を持っており、うち本店と呼ばれるダイニングバーではメインシェフとして厨房《ちゅうぼう》に立っている。

一方、和は理系学部所属の大学生だ。釈迦《しゃか》に説法ならぬ料理人に素人《しろうと》料理ではあるが、居候の和にできることは限られているためこればかりは譲るつもりはない。

もっとも、そんなふうに言えるのは理史が和の作ったものを喜んで食べてくれるからだ。今も、力説する和を人を食ったような顔で眺めている。

「味は気にしなくていいぞ。和が作ったもんならゲテモノでも食える」

「誰がゲテモノ作るんだよ。っていうか、そういうのやめてよ。八嶋《やしま》さんあたりに聞かれた時にからかわれるのはおれなんだからっ」

「あいつの娯楽なんだろ。構わず好きに言わせとけ」

言い返したのを最後に朝食をすませ、片づけて一緒にマンションを出る。

トルコキキョウの件を訊きそびれたと気がついたのは、大学近くまで送ってくれた理史の車を降りて、キャンパス内に入ってからだ。ところが、メールしておこうかと開いてみた携帯電話には姉の美花からのメールが届いていた。

三年前に起きたとある事件を契機に距離を置いて以来、和と姉のつながりは両親の法要関係と、週に一度定期的に送られてくるメールだけになった。

互いにナンバーは知っていても、電話は来ないしこちらからもしない。メールの内容は大抵同じで、近況や気遣いといった当たり障《さわ》りのないものばかりだ。とはいえ、もし姉がこちらにやってくるのなら、それらしいことは伝えてくるはずだった。

「……来てたわけじゃないんだ」

流し読みしたメールはいつもと変わりがなく、ほっと肩から力が抜けた。そんな自分をひどく後ろめたく感じた時、背後から聞き慣れた声がかかった。

「浅川？　おはよ、何、メール？　てか、急がないと時間ないぞ？」

「ああ、うん。おはよう。急ごうか」

友人に言われて腕時計に目をやると、和の脚で目的の大教室に着くまでぎりぎりの時間しかない。慌ててバッグを持ち直して、和はできる限り足を早めた。


「浅川いた！　あのさ、今日の夜空いてない？」

昼休みのカフェテリアでの昼食中に、いきなりそんな声がした。

声だけでそれが誰かはわかったから、わざと顔も上げなかった。隣に座っていた友人も同様で、ふたりして何事もなかったかのように食事していると、やたらがたがたと音を立てて足音が近づいてくる。

「なあ浅川って！　今日の夜、メシと飲みに行きませんかーって誘ってんだけどっ」

明るく短い茶髪を跳ねさせ、耳にピアスを光らせて騒々しく主張する彼は桧山《ひやま》といい、この大学に入ってからできた友人だ。重なる講義が多いこともあって、去年から空き時間や昼食やレポート作成の時にちょくちょく一緒に過ごしている。

「空いてない。夕方からバイトだし、夕飯はうちでって約束したから」

「えー。そんなん電話でキャンセルしなよ。今日は夕飯食って飲んで帰りますって。バイトだって親類んとこなんだろ？　たまには休んでもいいじゃんかー」

「賃金発生する以上は親類関係ないし。予定は先着順で優先するものだろ」

「そんなん言ったたって浅川、そもそも飲みは予定にも入れてくんないじゃんかよ。なあ、今日のは煩《うるさ》い居酒屋じゃなくて落ち着いたダイニングバーってとこ予約してるからさ。参加特典で浅川のメシ代と飲み代はチャラにするしー」

言いながらその場にしゃがみ込んだ桧山が、和が座るテーブルの真横の縁に両手をかけて顔半分だけで見上げてくる。

立ち上がったら和より二十センチ近く背が高い元バスケ部の体育会系に初めてそれをやられた時は、正直言ってとても不気味だった。慣れというのは怖いもので、一年半になる今は妙に可愛《かわい》く見えるようになってきている。

もっとも、だからといって頷《うなず》くつもりはさらさらない。にっこり笑顔を作って、和は淡々と言う。

「うますぎる話には、絶対裏があると思うんだ」

「そんなのないですってば！　だってホラ、せっかく仲良しになったのに、オレと浅川って一緒に飲みに行ったことないじゃん？　だから、遅くなったけどお近づきの印にさあ」

「……下心出まくりだな。露骨にもほどがある」

ひきつった笑いを見せる桧山を冷ややかに眺めて言ったのは、和の隣で昼食を摂っていた中野《なかの》だ。桧山と同じく、履修科目が重なっていたことから親しくなった。

ちなみに、桧山とは同じ高校出身だとかで、顔をつきあわせると侃々諤々《かんかんがくがく》の言い合いをしている。当初は不仲なのかと思っていたが、さほどの時間も経《た》たずにこの舌戦がふたりのコミュニケーションなのだとわかってきた。今も、桧山がむっとしたように眉根《まゆね》を寄せている。

「うっせえよ中野、てめえは黙ってろって」

「下心って、具体的にどういうの？」

和の問いに、中野はずれてもいない眼鏡をかけ直す。少し考えてから言った。

「オブラートにくるんだ耳に痛くない説明と、少々耳に痛くてやや気色悪い現実的な状況把握と、どっちがいい？」

「無意味なオブラートは除去して忌憚《きたん》ない説明でよろしく」

「浅川を稀少《きしょう》生物か珍獣扱いしてんだろ。飲み会にはまったく出ず、口数が少なく愛想が足りないくせに顔は極上美人でたまーに笑うととんでもなく可愛いってんで、酔いつぶしたらどうなるか見たい知りたいとでも思ってんじゃないか？」

「ありがとう、およそ把握した。一部間違った情報が含まれてるみたいだけどね」

美人だの可愛いだのといった単語は二十歳《はたち》を越えた男には不適用だが、それ以外には心当たりがあるので素直に頷いておく。と、桧山が焦ったように「おいっ」と声を上げた。

「何でそうなるんだよ。オレはー、純粋にいっぺんくらい浅川と飲みに行きたいだけでっ」

「外で飲むのは禁止されてるんだ。……って、去年から言ってなかったっけ」

「聞いた。つーか桧山、おまえまだギリギリ未成年じゃなかったか？」

和の答えに加勢した中野に、桧山は心底厭《いや》そうな顔を向けた。

「中野てめえ細かすぎ……って浅川もさあ、オレらよりひとつ上なんだからとっくに成人してんじゃん？　なのに外飲み禁止って何」

「外で飲むといろいろやばくなるから、だけど？」

箸《はし》を止めて即答した和を何やらじーっと恨みがましげに見上げる桧山は、相変わらずテーブル横にしゃがみ込んだままだ。わざとのようなため息をついて言う。

「仕方ないから今日は諦める。けどさ、飲むと何がどうやばくなるわけ」

「そこは企業秘密ってことで。それより桧山、早く食べないと昼休みが終わるよ」

意図的ににっこり笑った和を見返して露骨に拗《す》ねた顔になった桧山は、じきに「メシ買ってくるっ」と言い、バックパックを和の隣の席に放り出してカウンターに向かっていった。

「ちなみに浅川、外で飲むとやばい理由って何」

横から問われて目を向けると、セルフレームの眼鏡越しに中野がこちらを見ていた。

「残念だけど――」

「企業秘密か。相変わらずどっか謎《なぞ》な奴」

「謎かな。そんな大仰《おおぎょう》なものじゃないと思うけど」

実は大した秘密ではなく、単純にアルコールに弱いだけだ。それも、思考や顔色や物言いにはほとんど影響がないのに、どういうわけだか足腰のみに影響が出る。弱い右脚には特に顕著で、要するにひとりでは歩けなくなってしまうのだ。

発覚したきっかけは、二十歳の誕生日祝いの席で晩酌中の理史に「飲んでみるか?」と訊かれたことだ。頷いてコップを受け取ったまではいいものの脚が立たなくなるのはあっという間で、おまけにその後の記憶もなかった。あげく、翌朝に疲れた顔になった理史から家以外の場所で飲むのは厳禁だと戒められた——という経緯だった。

「十分謎だろ。飲み会にもコンパにも出ないでサークル活動には無関心、寄ってくる相手は男女問わずそれなりに相手をするわりに自分からはまず近づかない。デフォルトで表情が薄くて考えが読めない上に、微妙なところで人嫌いいっつーか人見知り。講義には真面目で成績はいい。親類のとこでやってるバイトはほぼ皆勤してて、その親類に毎日車で送迎してもらってる、と」

中野が列挙した内容にそのままじゃないかと感心しながら、一言釘《くぎ》を刺しておく。

「念のため言っとくけど、車で送迎は内密によろしく。迷惑かけたくないんだ」

「迷惑?」

「昔、それで親類の人が同じ学校の女の子に目をつけられたことがあるんだ。おれも含めてさんざん追い回されて、かなり困ったことになってさ」

「ああ、なるほど。親類の人、確かに相当いい男だったもんな。ちなみに外飲み禁止の件は、フィジカルな理由ってことでいいのか？」

「ほぼイエスかな。どうしても飲みたいわけじゃなし、人様に迷惑をかける前提で行く気になれないんだよね」

「なるほど」

謎と言いながら、こちらが言うことを聞くのみで逐一追及することがない。中野のこういうところがとても助かるし、気楽でつきあいやすいのだと改めて思う。

ちなみに桧山は中野とは逆で、開けっぴろげに何でも訊いてくるが、反面こちらが答えを濁した時はけして追及してこない。和が一学年遅れているのが彼らに知れたのも桧山の質問がきっかけだったが、その時の反応は「そっかー道理で落ち着いてると思った」で終わった。

そのくせ、何度断っても懲りずに遊びや飲みに誘ってくるのだ。

「で、浅川のバイトってやっぱり事務所？」

「そう」と頷くと、中野はふうんと眼鏡を押し上げた。

「惜しいな。店に出るなら見物に行くのに。浅川、ギャルソンエプロンとか似合いそうだし」

「何だそれ。見世物の一種？」

「個人的には見てみたい気はする。あれ、似合う奴と似合わない奴が顕著なんだよな」

中野が言う「店」は、理史がいる本店のことだ。

去年、和が体調を崩して一週間ほど大学を休んだ時、中野と桧山が見舞いと欠席中のノートを差し入れてくれた。それを知った理史が「お礼するから本店に来てもらえ」と言い出して、ランチをご馳走《ちそう》したことがあるのだ。以降、中野は時折、客として理史の店を訪れてくれているらしい。

もっとも和のバイト先は本店ではなく、関連する複数店舗をまとめる事務所の方だ。当時本店の中にあったのが、現在は別の場所に移転している。

「だったら中野がバイトしてみれば？　おれより背が高いし、似合うと思うけど」

「残念ながら、オレはあの手のバイトには向いてない。で、今日は迎え来るのか？」

来ないなら送ってやる、というニュアンスに、和は苦笑した。

「来ない時は自分で行くよ。わざわざ迎えに来る時点で過保護なんだしさ」

「けど、この時季はきついだろ。調子見て、やばそうだったら言えよ。どうせ講義終わりは一緒なんだからさ」

中野の物言いはさらりとしていて、そこにあるのは友人としての気遣いだけだ。それをありがたく思いながら、和は軽く笑ってみせる。

「えーうわーおまえらもう食い終わったのかよ。ちょっとくらい待てよなあ」

賑《にぎ》やかにやってきた桧山が、ぶつぶつ言いながら和の隣に腰を下ろす。その前に置かれた山盛りの定食を眺めて、呆《あき》れ声の中野が「よく食うよな」とため息をついた。

講義終わりに確認した携帯電話には、理史ではない別の人物からのメールが入っていた。

「何でわざわざ代理寄越すかな……」

定刻にいつもの場所で、との文面を一読して、和は小さくため息をつく。

できるだけ人目につかないように――理史の姿を学生に見せないようにと、車への乗り降りは大学や駅から離れた場所に決めている。大学に迎えに来てもらう時は、百メートルほど歩いたコンビニエンスストアの傍《そば》が定位置だ。

石畳の歩道は見た目にきれいだがわずかな凹凸があって、アスファルトやコンクリートと比較すると足への負担が大きく転びやすい。無理のないスピードで待ち合わせ場所に急ぐと、そこにはすでに見知ったシルバーの車が待っていた。

助手席の窓を叩《たた》いて、ガラスが下がるのを待つ。開口一番に「わざわざすみません」と断ると、運転席にいた人――理史の親友であり和のバイト先事務所の責任者でもある八嶋は、作り物のようにに整った顔にきれいな笑みを浮かべた。

「いえいえ。こっちこそ、僕でごめんねー。理史、ちょっと手が放せなくてさ」

はあ、と曖昧《あいまい》に返しながら助手席に乗り込み、シートベルトを締める。すぐに車を出した八嶋に、和は何度目かの提案をしてみた。

「理史くんが来られない時は、メールでそれだけ知らせてもらえませんか。おれ、自力で事務所まで行きますから」

「それは理史が許さないと思うよ？　第一、和くんには無理言ってバイトに入ってもらってるんだしさ」

「おれの希望でもあるんで、ちっとも無理じゃないです。そもそも理史くんに迎えに来てもらう必要もないんで、八嶋さんが代理する理由は全然――」

理史の過保護は仕方がないと諦めるにしても、八嶋にここまでしてもらう理由がない。和のこの主張は至極真っ当なはずだが、何度繰り返しても状況が変わらないのは、どう考えても相手が悪いせいだ。

「八嶋さん、は厭だな。聡《さとし》くんて呼んでよ」

「……前にも言ったと思いますけど。ずいぶん年上の人を、下の名前にくん付けで呼ぶのはおかしくないですか」

和の抵抗に、八嶋は目元だけで笑う。横顔なのに妖艶《ようえん》という単語が浮かぶような笑顔は、見惚れるほどきれいでも明らかに男性のものだ。そういえば、この人は本店及び二号店以下のスタッフから陰でこっそり「魔性の男」と呼ばれていたのだったと思い出した。

「僕も何度も言ったけど、和くんの言い分はおかしいよね。だって、その理屈だと理史はどうなるわけ？」

艶《あで》やかな笑顔で言う「魔性の男」は、理史とは高校時代からのつきあいなのだそうだ。自他ともに認める親友同士だとかで、六年前の理史の結婚式では友人代表のお祝いを述べていた。それを遠目に眺めたのが、和が八嶋という人を知った最初になる。

「理史くんは親類ですから。名前にくん付けなのは、子どもの頃からの呼び癖で」

「でも、傍目にわかるのは和くんが一回り年上のバイト先のオーナーを下の名前にくん付けで呼んでるってことだけだよね」

「……それは、理史くんから呼び方を変えるなと言われたからで」

「だから僕からも要望。聡くんて呼んでくれないかな」

女性だったら卒倒するようなきれいな流し目で言われて、心底げんなりした。

結果が見えているのに何度も言わずにいられない自分もどうかと思うが、同じ主張を嬉《うれ》しそうな笑顔で繰り返す八嶋も明らかに変だ。と、思いはするが、ここまで強気で押して来られると逐一反論するのが面倒になってきた。

「あのですね。八嶋さん――」

「今日の僕は本気だよ。聡くんって呼ばない限り絶対に返事してあげない」

にっこり笑顔で言われたあとは、言葉通り何を言っても流された。このままでは事務所に行っても仕事にならないと、和はため息混じりに了承する。

「……わかりました。じゃあ、聡さんと呼ばせていただきます」

「えー、何でさん付け？　理史とお揃《そろ》いでいいのに」

「そこまでは無理です。お互いのために、そのへんで妥協しませんか」

自分のものとは思えないほど、低い声になった。それで何か感じてくれたのかどうか、八嶋は「しょうがないなあ」と頷《うなず》く。それへ、和は先ほどからくずぶっていた問いを向けた。

「ちなみに道が明らかに違うんですけど、どこに行くんです？」

「本店にね。打ち合わせの予定があるんだ」

「だったら、そのへんでおれを降ろしてください。ひとりで事務所に行って仕事しますから」

「残念ー。和くんは僕の付き添いってことでよろしく。そういや、理史もデザートの試食頼みたいって言ってたよ」

言い合っているうちに、車は本店の駐車場に滑り込んでしまっていた。

諦めて、八嶋について車を降りた。駐車場奥にある通用口に向かいながら、今がランチとディナーの間の午後休憩中なのがせめてもだとため息をつく。

理史と八嶋が初めて立ち上げた店——本店こと「花水木《はなみずき》」一号店は、和風創作料理がメインのダイニングバーだ。昼間は基本的にバイキング形式でのランチを提供し、夕方から夜にはコースでのディナーに加えて、地方にある幻と言われる地酒から、ワインにウィスキーと各種のアルコールをゆっくり楽しむ店として知られている。和風モダンの内装やインテリアに加えてそこかしこに緑を配した居心地のいい空間は女性受けがよく、定評のある料理と相《あい》俟《ま》って客足は安定しているようだ。過去に何度か和が客として訪れた時も、待ち時間が長くなりすぎるという理由で予約なしの客は断っていた。

休憩中の今、フロアは閑散として人影がなく、やけにだだっ広《ぴろ》く見えている。その片隅のテーブルについて、和は手持ち無沙汰《ぶさた》に周囲を眺めていた。

現在スタッフルームとなっている場所にかつて事務所があったため、和は本店スタッフのほとんどと顔見知りだ。とはいえ、事務所が別になった今、無意味に顔を出すのは迷惑だろう。理史の身内とはいえバイトである以上、甘やかすのは間違っている。

そもそも、休憩中のスタッフが意味もなくフロアにいるのは、店の方針として禁じられているのだ。知った上で「ここに座って待ってて」と言い渡してきた八嶋はあっさり姿を消してしまい、和は遠慮がちに肩を縮めているしかない。

「借りてきた猫みてえだな」

いきなり背後から聞こえた声が、誰のものかはすぐにわかった。渋い顔で振り返って、和はトレイを手に大股で近づいてくる同居人――理史に訴える。

「おれ、何でここに連れ込まれてんの。理史くん、八嶋さんに頼んだ?」

「おまえの迎えは頼んだ。時間的に打ち合わせに引っかかるから、そのままここに連れて来るとは聞いた。……で、和の仕事はコレだ」

和の前に大きな平皿を置く理史は、まだ仕事していたのか白いお仕着せのままだ。皿に載っていたのは彩りのきれいなデザートが十種類ほどで、思わず眉を顰《ひそ》めてしまう。

「仕事って何の」

「クリスマスディナー用のデザートの試作品。感想聞かせてくれ」

「……いいけど、何で今ココでそれ？　うちに持って帰ってくれたらいいのに」

平皿の横に続いて置かれたコーヒーカップを眺めてぽそりとこぼすと、無造作に向かいの椅子《いす》に腰を下ろした理史に面白そうな顔で見据えられてしまった。

「今言ったろ。これも仕事のうちだ。いいから食ってみろ」

「わかったけど、コレ時給には換算しないでよろしく」

「どうして」

「わかりきった話、他のバイトがいい気しないだろ。賃金が発生する場合はそのへん平等に扱わないと……って理史くん、おれの話聞いてる？」

目の前に差し出された柄《え》の長い匙《さじ》とその上に載ったブルーベリーのムースとおぼしき濃い紫色を眺めてから、その匙を持つ手の主――理史に不信感たっぷりの視線を向ける。と、「聞いてる」との返事とともに匙で唇をつっつかれた。こんなところで何をするとばかりに匙を奪おうとしたものの摑んだ腕はびくともせず、動いたかと思えばリーチの差で逃げられる。

「あの、ねえ！」

ついムキになって睨んだとたんに、匙を口の中に押し込まれた。否応なしに咀嚼《そしゃく》するしかなくなって、和は何とも情けない気分になる。

「味は？」

「甘すぎず酸っぱすぎずでちょうどいいかな……もう少し酸味がある方がおれは好きかもだけど、女の人にはこのままの方が受けるかも」

「なるほど。で、これと一緒に出るとしたらおまえならどれがいい？」

「そういう基準？　ムースはメニュー決まりなんだ……って、ちょっ」

言い掛けた口に、今度はオレンジ色のシャーベットを押し込まれた。ふわりと広がった柚《ゆ》子《ず》の味が優しくてつい頬《ほお》が緩みそうになったけれど、ここでそんな顔を見せたら終わりだ。

むっとした顔で睨んだ唇を、ガトーショコラが載った匙でつつかれた。

「和。あーん」

「……っ、だからおれは小学生じゃな――っ」

やたら甘ったるい顔で言われた台詞《せりふ》に、脳味噌《のうみそ》が沸騰した。反射的な抗議は押し込まれたガトーショコラの味に負けてしまい、無言で咀嚼する羽目になる。

その時、横合いから食傷したと言いたげな声がした。

「うっわー……別に仲がいいのは結構だけどさ、独り者の前でそれやる？　っていうか、僕もやりたいから貸して。そのスプーンと和くん、セットで」

「却下。前から言ってるだろ、和は俺専用の愛玩物《あいがんぶつ》なの。おまえに貸したら減る」

「何それ。理史さあ、心狭すぎない？　よく言うだろ、可愛い子には旅をさせろって」

そこでその諺《ことわざ》はどう考えても用法が違うだろう。内心で突っ込んだ和をよそに、スタッフルームから戻ってきた八嶋と椅子に座った理史の間で小競《こぜ》り合《あ》いが始まった。

小さな匙を奪い合う一回り年上の又従兄弟とその親友を無言で観察してから、和は言う。

「八嶋さん。打ち合わせ終わったんなら事務所に戻りましょう。――理史くんは休憩中ならちゃんと休みなよ。あと、今の時間にフロアで騒ぐのは御法度《ごはっと》じゃなかったでしたっけ？」

その一言で、目の前の小競り合いは呆気《あっけ》なく収束した。揃ってこちらを眺めてきたふたりそれぞれに、追加でもの申しておく。

「八嶋さん、これ食べたいんだったらどうぞ。試食らしいんで感想をお願いしますね。あと理史くん、何度も言ってるはずだけどおれは犬でも猫でもないんで、その呼び方はやめてくださいってことでよろしくです」

「あいにくそりゃ無理ってもんだな。こんな可愛らしいもん、愛玩せずにどうするよ」

「だよねえ。あ、それと僕は自分が甘いものを食べたいんじゃなくて、和くんに甘いものを食べさせてあげたいだけだから。試食は和くんに任せるからね」

示し合わせたように、厭な方向に反論してきた。和が思わず眉間《みけん》に皺《しわ》を寄せた時、少し離れたところからふたりを呼ぶ声がする。

「和はそれの感想、書いといてくれ。好み優先でいいから順位付けも頼む」

先ほどまで奪い合っていた匙を和の前の皿に置くと、理史はあっさりと席を立った。続いて、その背後にいた八嶋が和に笑みを向ける。

「小一時間で終わるから、その間にすませといてね。ちなみに他のスタッフもバイトもやってるから特別扱いじゃないよ。もちろんバイト代も出るし」

打ち合わせ相手の業者らしい人物と挨拶《あいさつ》をしたふたりがフロアの少し離れた席につくのを見届けて、和はそろりと腰を上げた。

休憩中で、八嶋以外に見られずにすんだのは幸いだ。ひとまず理史とは距離を取っておこうと、両手それぞれに平皿とコーヒーカップを捧げて移動した。しばらく迷った末に、スタッフルームへと足を運ぶ。

タイミングよく、近くまで行ったところでスタッフルームのドアが開く。顔を出したのは、十日前に入ったばかりの学生アルバイトだ。和を見るなり首を傾《かし》げ、思い出したように言う。

「あれ、事務所の方ですよね？　面接の時に受付してくれてた、浅川さん……」

「え、誰？　――和くんかあ。いつ来たの、さっき？」

彼女の声に反応してか、中から見知った顔が覗く。半年前に入社した正社員スタッフで、八重歯が似合う人懐《ひとなつ》っこい人だ。顔を合わせれば何かと和に声をかけてくれていた。

バイトや正社員スタッフを採用する時の事務処理や面接時の雑用も、和の仕事なのだ。おかげで和はここ本店はもちろん、滅多に行くことのない系列三号店のカフェのスタッフも知っているし、向こうも覚えていてくれることが多い。

「そうなんですけど、すみません。ちょっとすみっこ借りていいでしょうか」

「すみっこって……ああ、試食か。いいよ、半分は出払ってるから気にしないで」

快活な笑顔になった彼は、和が手にした平皿を目にして察してくれたらしい。スタッフルームに入ってみれば中にいたほとんどが顔見知りで、会釈すると笑顔が返ってきた。

「アルバイトだったのお？　てっきりスタッフさんだとばっかり思ってたのにー。ていうか、浅川って確かオーナーの苗字《みょうじ》……」

空いていた食事用テーブルの端に座って試食を続ける和を、新人アルバイトの女の子が妙にじっと眺めている。思いついたように半端に止まった言葉に、和はさらりと答えておいた。

「身内ですけど採用には関与してませんよ。事務所の責任者は八嶋さんですから」

「そうじゃなくて、オーナーの弟さん？……にしては似てないよね？」

返答の代わりににっこり笑顔を向けると、彼女はぱあっと赤くなった。困ったように視線を泳がせてから、思い出したふうに「あ」と口を開く。

「あの、オーナーの身内の人だったらちょっと訊いていい？　オーナー、何年か前に離婚されてシングルだって聞いたんですけど、今、恋人っていたりします……？」

直球すぎる問いに、オーナーの「身内」とはいえ顔見知り以前の相手にいきなりそう来るかと呆れを通り越して感心した。表情を崩さずじっと見返してみると、彼女は慌てたように付け加える。

「あ、たしが聞きたいんじゃなくて！　お客さんからよく訊かれるからっ。いい加減な返事はできないなって思ってて」

「本当だよ。常連さんの中に気にしてる人がかなりいて、こっそり訊かれるんだ」

男性スタッフの苦笑混じりの助け船に、彼女は何度も大きく頷く。

ありそうな話だとすんなり納得した。その上で、一応一言言っておくことにする。

「おれもよく知りませんけど、いてもおかしくはないんじゃないですか？　あと、そういう詮索《せんさく》をすごく嫌う人なんで、今後は訊かれても知らないで通した方がいいと思いますよ」

「そうですよねー。格好いいし大人だし、釣り合いが取れるような女性でないとねえ」

落胆を含んだ声を聞きながら、和はメモ用紙に試食したデザートの感想を記していく。意図的にそちらに集中したフリをすると、遠慮したのかそのあとは声がかからなくなった。

小一時間経った頃に打ち合わせを終えた八嶋に呼ばれて、和はスタッフルームを出る。誰に預けようかと思ったところで、理史が顔を見せた。和が差し出したメモ用紙を受け取りざっと目を走らせると、「よし、よく書いた」の一言とともに頭をぐりぐりと撫《な》でられる。

「終わったら事務所に迎えに行くから、おとなしく待ってろよ。先に帰るんじゃねえぞ」

そう言って、大股で厨房に戻っていく。大柄なその背中を、和は複雑な気分で見送った。

2

ひとりでこの部屋に帰るのは初めてではないのに、ひどく空っぽな気分だった。

閉じたばかりの玄関ドアに凭《もた》れて、和は小さく息を吐いた。

——残り一時間ほどでバイトが終わるという頃に、理史が事務所に電話をしてきたのだ。

折り悪く和は近くにお使いに出ていたから、連絡を受けたのは八嶋だった。

急用ができたので迎えに行けそうにない、夕飯はすませてくるし帰りも遅くなるから、和はきちんと食事をし風呂に入って早めに休むように。

長くて過保護なその伝言を教えてくれた八嶋は、頼まれたからとマンションまで車で送ってくれた。ついでに夕飯でもと誘われたのを断って、まっすぐ帰ってきた。

「…………」

重い足を引きずるように、靴を脱いで廊下に上がる。リビングのソファに座り込み、理史が自分仕様にリフォームしたやたら充実したキッチンをカウンター越しに眺めながら、朝にはやる気そのものだった夕飯の支度をする気がきれいさっぱりなくなっているのを実感する。

……急用って何なんだろうと、伝言を聞くなり考えたことをまた思った。

理史には理史のつきあいがある。月に何度かは友人に誘われて仕事上がりに飲みに出かけているし、二か月に一、二度は約束があると留守にすることもあった。

けれど、そういう時には必ず「誰と、どこで、何のために」会うかを教えてくれていたのだ。飲み会では和が寝る前に帰ってきていたし、休日に外出しても夕飯は必ず一緒だった。帰りが遅くなるから先に寝ていろと言われたのは、今回が初めてだった。

「とうとう恋人ができたとか、言うかな……」

三十代も半ばの独身の男盛りなら、それらしい欲求はあって当然だ。あれだけ目立つことを思えば、恋人のひとりやふたりいてもおかしくはない。

「面倒くさ……」

下手《へた》に考えると自分が鬱陶《うっとう》しくなりそうだったから、とっとと風呂をすませて寝る支度をしてしまおうと決めた。

ソファから腰を上げかけたら右脚が引きつって、それでようやく暖房を入れ忘れていたことに——いつの間にか全身が冷えきっていたのに気づく。まずかったと今さらのように思いながらリビングを家具伝いに移動して暖房を入れた。ついでに風呂のスイッチを入れ、自室から着替えを取ってきて、リビングで熱いお茶を飲んで身体《からだ》を温める。やらないよりマシだとばかりに、風呂を待つ間に右脚のマッサージをしておいた。

ゆっくり風呂で温まってからパジャマの下にレッグウォーマーを穿き、電気毛布ならぬ電気膝掛けを抱えてリビングのソファに腰を下ろす。レポート用に借りてきた本を広げて、理史の帰りを待つことにした。

夜に出かけた時はちょくちょくメールをくれる理史なのに、どうしてか今夜はまったくそれが来なかった。開いた本より携帯電話の画面ばかりを気にしているうちに、時刻は午前○時を回ってしまっている。

先に寝ておかないと叱られそうだ。部屋に戻ろうと腰を上げかけたところで、玄関ドアが開閉する音がした。

和の部屋は玄関を入って右手にあるため、今から戻ったところで鉢合わせするのは目に見えている。諦めてそのまま待っていると、じきに上着を羽織ったままの理史がリビングに顔を出す。ソファにいる和を見るなり、眉根を寄せて睨んできた。

「まだ起きてたのか。夕飯は何食った?」

「パスタ。途中で食べて帰った」

「嘘《うそ》つけ。――これ食って寝ろ」

言葉とともに、本店のロゴが入った紙袋を押しつけられた。中を覗いてみると、バゲットとライ麦パンそれぞれに切れ目を入れ、そこに野菜やハムをふんだんに挟んだサンドイッチがラップにくるまれて入っている。

「本店って、こういうののテイクアウトやってたっけ?」

パスタソースやスープのレトルトやドレッシング類はオリジナルとして販売していたが、

こうしたすぐに食べられるものは扱っていなかったはずなのだ。

「聡に誘われたのを断って帰ったと聞いた。どうせこんなこったろうと思ったんで、まかないで作っておくよう頼んでおいたんだ」

上着も脱がずにキッチンに立った理史は、じきに作り置きのミネストローネを温めて戻ってきた。和の前にカップを置くと真向かいのソファに腰を下ろし、ふんぞり返って言う。

「今すぐここで食え。残すなよ」

「……いただきます。理史くんはお風呂入ってきたら？　でないと寝るのが遅くなるし」

「人の風呂より自分のメシを気にしろ」

じろりと睨まれて、思わず「ごめん」と謝った。

右脚を痛めたあとの長期入院をきっかけに、和は食べることに対する興味を失ってしまったのだ。意識して気をつけてはいるものの、自分ひとりの時は作るどころか食べるのも面倒で、結局お茶ですませることが多い。

スープとサンドイッチをすべて平らげてしまうまで、理史は和から目を離さなかった。食べ終えて一息ついたところで、やっと声をかけてくる。

「よし。おまえは部屋に行ってあったかくしてろ。風呂上がったら行く」

「え、今日はいいよ。もうこんな時間だし、さっき自分でちょっとやったから」

必死の訴えは、けれどあっさりと却下された。使ったスープカップを洗おうとしたのも阻止されて、和は自室へと追い立てられる。

自室のベッドで毛布にくるまって反省していると、じきに理史が顔を見せた。

湯上がりに理史が部屋に来るのは、けして珍しいことではない。なのに、和は毎回必ず緊張して待ってしまう。今夜もやはりそうで、濡《ぬ》れ髪を無造作に拭《ぬぐ》う仕草にどきりとした。

「髪。乾かして来ないと、風邪引くよ」

「すぐ乾くだろ。それよりおまえ、とっとと横になれ。俯《うつぶ》せな」

「でも、もう遅いよ。十分温まったし、平気だと思うんだけど」

「おまえの平気はアテにならん。つーか、今日はやっとかなきゃ駄目だろうが。朝早くから階段と坂を上り下りしたんだ。おまえは平気でも脚は疲れてるはずだ」

しゃきしゃきした物言いとともにベッドに寄って来られて、観念するしかなくなった。

言われるままおとなしくベッドに俯せた和の傍に、長い脚を折って膝が乗り上がる。大きな手のひらが、感触を確かめるように和のふくらはぎを押さえてきた。

ゆっくり始まったマッサージは痛めた右脚を主に、それを庇《かば》うために余分な負担がかかる左脚と腰をほぐすものだ。同居を始めて間もない頃、痛みで眠れずにいた和を見かねて試しにとやってくれたのが最初で、以来たびたびしてもらっている。聞いたところによると、和を見ていればいつ必要かがわかるのだそうだ。

「そのまんま力抜いとけ。眠かったら寝ちまっていいぞ」

「うん。……疲れてるのに、ごめん。あと、ありがとう」

枕に頬を埋《うず》めていたせいか、発した声がくぐもって聞こえた。視界の中、理史の姿は端にちらちらと映るだけで、なのに全身で存在を感じている。

「大学はどうだった。何かあったか?」

「いつも通り。飲み会に誘われて断ったくらいかな。――そういや、理史くんのこと訊かれたよ。恋人はいるんですかって」

「何だそりゃ。本人に訊きゃいいもんを……で? おまえ何て答えたんだ?」

呆れ声とともに、膝裏を押さえる力が少し強くなる。それが詮索を咎《とが》めるもののように思えて、すぐには返事が出なかった。ややあって、ぽそりと言う。

「よく知らないけど、いてもおかしくないんじゃないかって言っといた。……もしかして、誰かいたりする?」

最後の問いをそろりと口にすると、ふくらはぎの裏を揉《も》んでいた手がふと止まった。ついで、軽く笑う気配がする。

「いねえよ。つーか、いたらとっくに和に会わせてるに決まってんだろ」

笑い混じりの返事に安堵《あんど》しながら、だったら今夜の用事は何だったんだろうと思った。

「で、誰に訊かれたんだ。本店のスタッフか?」

「……そんなとこ。でさ、やっぱ送迎はもうしなくていいよ。大学だって電車とバスで十分通えるし、事務所までもひとりで行けるしさ。八嶋さんも理史くんも忙しいんだし、今日みたいに用もないのに本店までくっついてったって、おれは邪魔になるだけだし」

いったん言葉を止めて、和はさらに続ける。

「事務所までの送迎までやってたら、理史くん、休憩ほとんどなくなるじゃん。それだと身が保《も》たないしさ」

「却下。別におまえを迎えに行ったところで休憩くらい取れる。ついでに、少なくとも春まではぼっち通学及びぼっち通勤禁止。どっかで転んだり脚が痙ったりしたらどうすんだよ」

「や、それはさ、ちゃんと冷え対策して杖使って、長距離歩かないように気をつければ」

「悪いな。あいにく俺は、てめえの愛玩物を真冬に放置する気はねえんだ」

きっぱり言われてげんなりした。――こういう言い方をした時の理史は、和が何を言っても聞いてくれないのだ。

「それと、俺が行けない時に聡が代理してんのはあいつの希望なんでな。やめてほしけりゃ直談判《じかだんぱん》しな」

「それ、ハードル高すぎ……あのさ、じゃあせめておれのこと愛玩物呼ばわりすんのだけはやめてくれないかな」

「あ？　何でだよ」

「八嶋さんは面白がってるだけだからいいとしても、他のスタッフさんからは変に思われるよ。下手したら理史くん、変態扱いされるかも」

和や八嶋の前でだけ言うならまだしも、理史はどこででも平気で「愛玩物」云々《うんぬん》を口にするのだ。かつて事務所が本店の中にあった頃にはスタッフの前でも連呼されてしまって、とても身の置き所のない思いをしたこともある。

「別に構わねえなあ。言いたい奴は勝手に言うだろ」

「ちょっとは構った方がいいよ。中にはおれと理史くんを兄弟だと思ってる人もいるんだし、人って結構どぎついこと平気で言ったりするからさ」

理史との続柄をあえて身内と称しているのは、又従兄弟同士で同居の上、和が一方的に面倒を見られているという現状への詮索を避けるためだ。姓が同じで身内と言っておけばそれなりに近い続柄だと思うはずで、その方が都合がいいという側面もあった。

けれど、それが理史の評判に関わるとなると、さすがに黙ってはいられなかった。

「言わせときゃいいだろ。どうせ本当のことだ」

けろりと言われて、笑いながら言うことじゃないだろうと絶句した。

「本当って……もしかしておれ、理史くんにとってペットなわけ？」

「まさかだろ。人間さまをペットにする趣味はねえぞ」

けらりと笑ったまま、続けて言われた。

「愛玩物だからここまで構って大事に手入れすんだよ。諦めておとなしく可愛がられてな」

言葉とともに、頭をぐしゃぐしゃに撫でられる。それに唇を尖《とが》らせて拗ねた顔を作りながら、ひどく安心した。

たぶん。理史は和に負担を感じさせないために、わざとこんな言い方をしているのだ。いつもの過保護っぷりもやたら気にかけてくれることも自分が好きで勝手にしていることで、だから和が気にする必要はないと示してくれている。

「とりあえず、本店の出入りの件はわかった。今後はやらないよう、聡に言っておく」

「あ……うん。よろしく」

辛うじて声が揺れるのを抑えながら、言うんじゃなかったと後悔した。

自分でも矛盾しているとは思うけれど、本店で理史の仕事振りを見るのは和にとって内緒の楽しみだったのだ。

「眠いのか？　だったら遠慮せず寝ろよ」

和の返事が弱かったのを、理史はそう解釈したらしい。それきり声をかけることなく、丁寧にマッサージを続けてくれる。

枕に頬をつけたまま、和はわざと瞼《まぶた》を閉じる。――今喋《しゃべ》ったりしたら、余計なことを言ってしまいそうな気がした。

心地よさに、いつの間にか寝入っていたらしい。ふっと目を覚ますなり煌々《こうこう》と灯った天井の明かりが視界に映って、ようやく頭が回り出した。

ぼうっとしたまま周囲を見回して、和は危うく「わ」と声を上げそうになる。

理史が、和を背中から抱き込むようにして眠っていたのだ。肩まで毛布がかかっている和とは違って、理史は毛布の「上」で長く伸びている。

「途中で寝ちゃったんだ……？」

就寝前のマッサージをしてくれたあと、理史はそれが決まりのように寝入った和に布団をかけ、部屋の明かりを消して自室に戻っていく。和が目覚めるのは大抵朝になってからで、こんなふうに理史が和のベッドで沈没してしまうことは滅多にない。

「疲れてるんだろうなあ……」

今日の――昨日のあの様子では、理史はろくに休憩できずに働いていたはずだ。それで遅くまで用事を片づけていたのなら、無理もないことだった。

起こそうかと一瞬思ったけれど、ぐっすり眠っている様子にそのままにしておくことにした。慎重に毛布から抜け出して、和は理史の下になっていた布団を引っ張り出す。寒くないよう理史を布団でくるんで、和本人はさっきまでくるまっていた毛布を被った。布団巻きになった理史にくっつくように横になって、改めて寝顔を眺めてみる。

理史と和は顔のパーツはもちろん、髪質や声、それに体格もまったく似ていない。互いの父方の祖父が兄弟という遠い関係だから当然だとしても、その続柄を知っている人――八嶋にさえ「本当に親類？」と揶揄《やゆ》されるほど、和と理史の見た目は違っていた。

そっと伸ばした指先で、理史の唇に触れてみた。少し薄い印象があるそこはさらりと乾いていて、柔らかい体温をそのまま伝えてくる。

「…………」

ついさっきまで見ていた夢を、思い出した。

理史のこの唇とキスをする夢だ。現実にはあり得ない、だからこそ痛くて苦しい夢。

唇からずらした指先でそっと頬を撫でてみたら、ざりざりと髭《ひげ》が当たった。情けないことに体毛が薄い和には馴染《なじ》みのない、羨《うらや》ましいばかりの感触だ。

（いねえよ。つーか、いたらとっくに和に会わせてるに決まってんだろ）

――その気になりさえすれば、理史は相手に不自由しないはずだ。離婚歴はあっても理史側に問題がないことは明らかだったし、体育会系を思わせる大柄な体軀《たいく》と整った顔立ちも性格の大らかさを映したように格好いい。少々口は悪いが仕事には真面目だし、経営する複数店舗の業績も順調だ。仕事では厳しくてもプライベートでは優しいから、寄ってくる女性には事欠かないに違いない。おまけに親類筋からたびたび見合い話を持ち込まれてもいる。

理史が再婚するどころか特定の恋人すら作らずにいるのは、おそらく和がここにいるからだ。

幼い頃から懐いていた弟分が逃げ場をなくして竦《すく》んでいるのを知って、放っておけずに自分のところに呼び寄せてくれた。身体的にも精神的にもひどく不安定になっていた和を大切に囲い込んで、二度痛めた脚をさらに悪くすることがないよう細心の注意を払って、——その気遣いを今になっても続けてくれている。

「……——」

毛布にくるまった理史が、寝言のような声を上げる。頰に触れたままでいた和の指から逃げるように、寝返りを打ってしまった。

三年前、姉の代わりに保護者になってくれた又従兄弟の寝顔を見つめて、和はたった今まで理史に触れていた指をぎゅっと握り込む。

「あと、ちょっとだから……」

もう少しだけ、と声にならない言葉で、和は祈るように思う。

あと少し、もう二年半だけ。せめて大学を卒業するまで、今のまま傍にいてほしい。自分が勝手で狡《ずる》いのは承知の上で、そう願うことをやめられなかった。

幼い頃の和にとって物心ついた時から傍にいた一回りほど年上の又従兄弟は、大好きなお兄ちゃんであり憧れのヒーローであり、誰よりも和のことをわかってくれる人でもあった。

生来引っ込み思案なところがあったのか、和は周囲からワンテンポ遅れがちで、自分の望みをうまく口にできないところがあったのだ。打てば響くように自分の希望を言える姉と、その姉に慣れていた両親は意図せず和のサインを見逃してしまうことがよくあって、そういう時に和の様子に最初に気づいてくれるのが理史だった。

(で、和はどうする?)

目線が合うようにしゃがみ込んだ理史に大きな手で頭を撫でられるたび、ひどく安心した。そのあとは自分でも意外なほどすんなり望みが言えたのを、今でもよく覚えている。

理史の一番近くにいたくて、やはり理史に懐いていた七歳年上の姉の美花にまで子ども心にも焼《や》き餅《もち》を焼いた。その現れが、「理史くん」という呼び方だ。美花が言う「理史お兄ちゃん」と同じなのが厭で、他の誰もしない呼び方を考えた。

もちろん、両親に叱られた。お兄ちゃんと呼びなさいと窘《たしな》められて半泣きになっていたら、当の理史は面白そうに笑った。

(いいよ、それで。和だけ特別、な)

泣き笑いの顔になった和を抱き上げてくれた理史の腕は強くて、やっぱりすごいと思った。理史の一言でその呼び名は通った形になって、それがとても嬉しかった。

……和の父親と理史の父親が父方の従兄弟同士で、年齢差こそあったものの兄弟というほど気が合う間柄だったらしい。結婚前に互いの婚約者を紹介するほどの関係はそれぞれが家庭を持って子どもが生まれてからも続き、和が生まれる前に理史の母親が長期入院の果てに亡くなるまで何かと手助けしたことで、さらに濃いつきあいになったという。

父子家庭となった理史たちに差し入れをし夕飯に呼ぶのは序の口で、仕事で父親の帰りが遅い時は学校帰りの理史に夕飯を食べさせ風呂を使わせ、父親用の夕飯の弁当と翌朝の朝食を持たせて帰す。出張で数日不在になる時には、当然のように理史を家に泊める。そんな毎日の中で理史は和や美花とよく遊んでくれたようで、和の幼い頃のアルバムには理史の笑顔が溢れている。

けれど、そういう時間は長くは続かなかった。高校を卒業した理史は調理師になるための学校に進学し、在学中から勉強のためと称して老舗《しにせ》料理店に住み込みで働くようになったのだ。さらに数年後に海外修業に出てしまい、ようやく帰国を決めた頃には和は中学生になっていた。

空港まで迎えに行った時、きっと理史はすぐには和に気づかないだろうと思っていた。理史から和へは月に一度、エアメイルでの葉書が届いていたものの電話で話す機会も滅多になかったし、何より最後に直接会ったのは和が小学校の低学年の時だ。だから、まず見つけてもらえないだろうと思っていた。

なのに、ゲートから出てきた理史はまっすぐに和の前までやってきた。幼い記憶よりずっと大人びて精悍《せいかん》になった顔でにやりと笑って、和の頭をぐしゃぐしゃと撫でてくれた。

（相変わらず可愛いな。で、元気だったのか、和？）

（えっと……お帰りなさい。理史、兄さん？）

呼び方を変えたのは、いくら何でも中学生が社会人に対して「くん」はないだろうと思ったからだ。なのに、理史は心外そうに眉を上げて言った。

（何だソレ。理史くん、でいいだろ）

胸が痺《しび》れるくらいに嬉しいという気持ちを、和はその時初めて知ったのだ。

当初は和の家で寝泊まりしながら勤めに出ていた理史は、半年後には自分で部屋を借りて出ていった。その後も和の家に顔を見せたし、いつでも遊びに来いとも言ってくれた。

中学生になっても自分の望みを口にするのが下手な和の本音を、理史はずっと昔と同じように簡単に見抜いた。それが続けば和も理史にはすんなり本音が言えるようになって、理史に会って話すことが最大の楽しみになっていた。

――中学二年になった春に、理史が結婚すると知らされた時には驚いた。けれど理史の年齢を思えば当たり前だと思えたし、紹介すると言われれば下手な挨拶をして理史に恥をかかせるわけにはいかないと気合いを入れた。

それなのに、実際に彼女と寄り添って笑う理史を見た瞬間に笑えなくなった。何か言わなければと焦っても、胸を抉《えぐ》られたように言葉が出なかった。

それが目に余ったのだろう。理史たちが帰っていったあとで、和は当時まだ大学生だった姉の美花から顰めっ面《つら》で窘められた。

(和。ああいうのは駄目よ？　ちゃんとお話ししないと)

(そうねえ。理史くんのお嫁さんなら、和のお姉さんみたいなものだものね)

姉について苦笑した母親に、心の中でそうじゃないと反発した。そうしたら、少し離れてテレビを眺めていた父親にフォローになりようがないフォローをされた。

(ずいぶんきれいな人だったからな。照れたんじゃないのか？　和も男だな)

言い返す気にもなれずに、和は自分の部屋に引きこもった。

胸の奥がひどく重いのに、その理由が自分でもよくわからなかった。重くて苦しいものが胸の中に溜《た》まっていくたび脳裏に浮かぶのは、理史の照れたような表情とそれを柔らかく見上げる女性の笑顔で――どうしてと思うくらい、そのふたつが頭から離れてくれなかった。

自分のその感情の正体を和が思い知ったのは、理史の結婚式当日だ。ウエディングドレス姿の花嫁と寄り添って笑う理史を目《ま》の当たりにした瞬間に、和の中で何かが壊れる音がした。

呼吸が止まるかと思うくらい胸が痛いのに、どうしてか和はいつも通り笑えたし話もできた。話しかけてくれた理史に招待のお礼を言い、花嫁にお祝いを伝えながら、そうしている自分をずっと遠くから見ている気がした。

夢を見ているような感覚が現実のものにシフトしたのは、帰宅後に自分の部屋でひとりになってからだ。後ろ手にドアを閉めたとたんにぶわりと涙が溢れて止まらなくなって、胸を押さえてその場にしゃがみ込んだ。

……奪《と》らないでと、思ってしまったのだ。ずっと大事にしていた自分だけの宝物を奪われたような気がして仕方がなくて、なのに「それ」が自分のものだったことは一度もなかったこともよくわかっていた。しゃがみ込んでひとりで泣きながら和はようやく自分のその気持ちが「兄のような」相手を思うものとは違っていることを知った。

和は男で理史もそうで、だからこの感情はふつうではないし、きっと間違ってもいる。そう思って、ひとりで失笑した。――考えてみれば、和は中学二年になってもそういう意味で女の子を意識したことはもちろん、好きになったこともなかったのだ。ありえないくらい、和の中には理史しかいなかった。

……おかしいのは和だけだ。美しい妻を迎えた理史にとって、和の気持ちはありえないものだし理解もできないに決まっている。何より、弟と思いずっと構ってきた相手が自分に対してこんな気持ちを抱《いだ》いていると知ったら、きっとおぞましく思うだろう。

そこまで考えてしまったら、今度は理史に会うのが怖くなった。

理史は、和の感情に聡《さと》い。自覚してしまった今、顔を合わせたらどうなるか。――この気持ちに気づかれて、軽蔑《けいべつ》されてしまうのではないだろうか?

不幸中の幸いにして、結婚後まもなく理史は自分の店をオープンさせる準備で多忙になり、和は高校受験が目前に迫っていた。新しい理史の店――現在の本店への最初の招待は家族全員で受けたけれど、和だけにくれる誘いは理由をつけて断った。

忘れようと、思った。幼い頃から可愛がってくれた大好きな人を、理不尽に避け続けるような真似はしたくない。それには早く諦めて、当たり前の又従兄弟に戻るしかない。

そうやって和が必死でじたばたしている間に、理史はあのきれいな人と離婚してしまったのだ。結婚式から一年と少し経った頃に両親からそれを聞かされた。

「お互い間違えているとわかった」という理由での、とても円満な離婚だったという。その証拠と言ってもいいのか、今でも理史の元妻は本店の常連だし、和の目にもさばさばした友人同士にしか見えない。

拍子抜けしたのと当時に、ひどく胸の中が苦くなった。

理史の離婚を聞いた瞬間に、喜んだ自分に気がついたからだ。そういう自分をひどく浅ましく思いながら、高校生の和は少しずつ、理史の誘いに応じて出かけるようになっていった。告白しようとは、欠片《かけら》も思わなかった。弟分としてこのままでいられたらいい——そんな気持ちで日々を過ごしているうちに年頃になった姉は結婚して家を出ることになり、和の家は三人家族になった。

そのまま続くと思っていた暮らしは、和が高校二年になって間もなく唐突に終わった。

——和の父親が運転する車が、日帰りドライブの帰り道で多重追突事故に巻き込まれたのだ。父親は即死で、母親は病院で息を引き取った。後部座席にいた和は変形した車体に右膝を挟まれ重傷を追ったものの、一命をとりとめた。

……事故直後のことは、正直今でもよく覚えていない。病院のベッドの上で両親が亡くなったと聞かされた時もまるで実感がなかったし、自分の右膝がかなりひどい状態だと説明されても、知らない場所で他人に起きていることのようにしか聞こえなかった。あの時の和にとって確かだったのは、泣きはらした顔で和の肩を抱くようにしていた美花の体温と、枕元に座って和の手をしっかり握ってくれていた、理史の指の感触だけだ。

和の右膝は複数回の手術が必要で、結局入院は長期になった。その結果出席日数が足りず、和は翌年の春から二度目の高校二年生をやることになった。

それでも、その頃の和はずいぶん恵まれていた。美花はもちろん、その夫や理史も足繁く見舞いに来てくれたし、たまの外泊の時にも三人がかりで助けてくれた。退院後、両親と暮らした家に戻って姉夫婦との同居を始めてからも姉たちの気遣いは変わらなかったし、理史は出不精になった和をたびたび戸外へと連れ出してくれた。

今度こそ、穏やかな日常に戻れると思っていた。――三年前に、あの「事件」が起きるまでは。

両親が遺《のこ》した家で起きた「事件」で再び右脚を痛めた和は、しばらく入院することに決まった。

「事件」そのものは、当事者になる姉夫婦と和の全員がそれぞれの理由で望んだ結果、誰にも告げず三人の間だけに秘されることになった。その事実にほっとしながら、和は姉に対して家を出てひとりで暮らしたいと訴えた。

「事件」に関する和の言い分に耳を傾けようと必死になっていた姉は、和のその希望に難色を示した。姉の思いや気遣いを痛いほど感じていながら、和は家を出たいとだけ言い続けた。

壊れた機械のようにそれしか言わず、食事も摂れずろくに眠ることもできなくなった和を案じてだろう、姉は入院十日目にいきなり理史と連れだって病室を訪れた。

理由をつけて見舞いを断っていたため、理史に会うのは「事件」以来初めてだった。どうしてわざわざと思い、ひどく厭な予感を覚えて身を竦ませた和を見て一瞬愕然《がくぜん》とした表情になった理史は、すぐに和がよく知る人を食ったような笑みを浮かべた。

(ちょっと頼みごとがあるんだが。和、うちでバイトやらねえか?)

意味が飲み込めず黙って見返した和を覗き込むようにして、理史は続けた。

(仕事が忙しくて、うちの中が片付かねえんだよ。足の踏み場がないんで困ってるんで、おまえに家事やってもらえないかと思ってな。どうせなら住み込みで)

思いがけない申し出に、反射的に理史の後ろにいる姉に目を向ける。疲労を表情に載せた姉が視線がぶつかるなり頷いたのを知って、二重の意味で泣きたくなった。

「事件」のことを知らない理史がこんな申し出をしてきたのは、きっと姉が頼んだからだ。それはつまり、和の希望に対する姉からの間接的な返事でもあった。

何も知らない理史に、甘えるのは卑怯《ひきょう》だ。よくわかっていたのに、その時の和には差し出された手を摑むことしか考えられず、退院と同時に理史の部屋へと移り住んだ。その半年後に夫の転勤で姉夫婦は遠方に引っ越していき、空き家となった実家は賃貸に出した。さらに半年後、理史が分譲マンションを購入した時には探している時点で「和の部屋」があるのが前提になっていて、それならもうしばらくは理史の傍にいられるのだと思った。

ほんの、一時だけのことだ。今だけ、あと少しだけここに留《とど》まっていたい。和の願いはただそれだけで、それ以上を望むつもりはなかった。

……その、はずだった。

3

その来客は予告もなく、和のバイト先事務所を訪れた。

「こんにちは。お邪魔していい?」

「……こんにちは。あの、理史、さん……は今、『花水木』の本店で仕事中なんですけど」

落ち着きなくがたがたと立ち上がった和を穏やかに見返して、和装が似合うその人——三《み》村《むら》夫人は柔らかに笑う。和にとっては祖母に近い年代になる彼女のその表情に、ほとんど記憶にない祖父母を連想した。

「今日は和さんと話したくて来たの。少しだけ、お時間いただいてもいい？」

「――どうぞ。あの、お茶でも淹れますね」

来客用のソファに腰を下ろした彼女に背を向けて、和はミニキッチンの前に立つ。手早く煎茶《せんちゃ》の支度をしながら、八嶋が不在の今でなくてもいいだろうにと思ってしまった。

三村夫人は、亡くなった理史の母親の兄の妻――要するに伯母なのだそうだ。娘ふたりを育て上げ嫁がせたこの伯母夫妻は、甥《おい》の理史をことのほか可愛がっているという。母を亡くした理史を自分たちの養子にと望んだこともあったとも聞いていた。

理史にとっては遠慮なしにものが言える気安い伯母さんのようだが、和にとっては何の関係もない赤の他人だ。その彼女が「和と話し」たがる理由など、わざわざ聞くまでもない。

淹れたての煎茶に来客用の菓子を添えて出すと、和は三村夫人の前に腰を下ろした。

「すみませんけど、今はバイト中なんです。だから、あまり長時間は」

「そうよね。本当にごめんなさいね」

丁寧な動作で湯飲みを手に取り、そっと口をつける。見惚れるほどきれいな所作をするこの人は、自宅で生け花を教えているのだそうだ。柔らかい見た目に反して言うことははっきり言う人だと、和はよく知っていた。

「じゃあ、手短にお話しした方がいいわね。――和さん、そろそろ独り立ちなさるつもりはないかしら?」

予想通りの内容を予想外に直截《ちょくせつ》に告げられて、すぐには返事が返せなかった。そんな和を静かに見つめて、彼女は続ける。

「和さんのことは、とても好ましく感じているのよ。ご両親のことはお気の毒だったけれど、学校のことにしろ何にしろ、よく頑張ってらしてると思うし。でもねえ、ずっと理史さんのところにいるわけにはいかないでしょう?」

「……ずっと、とは思ってないです。大学を卒業したらすぐに、理史……さんのところから出ていくつもりです」

「今、和さんは何年生だったかしら」

「二年です。――理史さんには本当に申し訳ないと思いますけど、今は姉も遠方にいて、頼るわけにはいかないんです。自活も考えてはみたんですけど、この脚だとバイトもなかなか見つからないし、そうなると今度は金銭的に難しくて」

言い訳だと、自分でも思う。それでも、和は顔を上げて続けた。

「勝手だとは思います。ですけど、卒業まで時間をいただけないでしょうか」

「それがねえ。今、理史さんにとてもいいお話が来ているのよ」

「え」と顔を上げた和を困ったように見つめて、三村夫人は続ける。

「まさか、お相手の方に二年半待ってくださいとは言えないでしょう。できれば早急に考えていただけないかしら」

「決まったことなんですか？　理史さんは、もう相手の人に会ってるとか？」

「いいえ、その前のお話ね。お会いする前に身辺は整えておかないと、先方に失礼ですから」

ほっとしたあとで、確かにその通りだと改めて思う。理史本人の事情ならともかく、居候がいるから結婚は二年半ほど先だなどと見合い相手に言えるはずがない。

三村夫人の和へのスタンスは、一定して「気の毒だとは思うけれど、理史さんの今後のことも考慮してほしい」というもので、理史が同席していようがいまいが態度も物言いも変わらない。和の都合も考慮に入れてくれているようで、それとなく離れてほしいと頼まれることはあっても今回のように急《せ》かされたのは初めてだ。

要するに、それだけいい話があるということだ。言下の意味を察して、和は息苦しくなる。

「それだったら、こちらが理史さんの代わりをさせてもらうというのはどう？」

「……え？」

「私も主人も和さんには感心しているのよ。大変な中でよく頑張ってらしてるし、成績も優秀だと聞いているわ。だから、私たちに卒業までの援助をさせてもらえないかしら？」

「援助……ですか」

瞬《まばた》きも忘れて見返した和に柔らかい笑みを向けながら、彼女は言う。

「少し大学から遠くてもいいなら、うちにお部屋を用意するわ。それだと困るようなら、私の兄が持っているアパートがいくつかあるから、その中で好きな部屋を選んでもらうこともできると思うのよ。もちろん、家賃もお安くしてもらえるよう頼んでみましょう。アルバイトも、事業をしているお友達がいるから口利きを頼んで――」

続く話を気が遠くなる思いで聞いているうちに、いきなり事務所の電話が鳴った。

夫人に断り、デスクの上の子機を取った。相手は外出中の八嶋で、できればすぐにとお使いを頼まれる。復唱しながら内容のメモを取ると、最後に必ずタクシーを使うよう念を押された。通話を切って子機を充電器に置いた時には、三村夫人はすっかり帰り支度をすませていた。

「勝手に押し掛けて無理を言って、ごめんなさいね。さっきのお話、できれば考えてみて。お願いしますね」

最後の最後に丁寧に頭を下げて、和装の夫人は帰っていった。

事務所の窓越しにそれを見送ってから、和は頼まれた書類を準備してタクシーを呼んだ。

私鉄と地下鉄が合流する駅近くにある通称「三号店」は店名を「泰山木《たいさんぼく》」といい、軽食と本格的なコーヒー紅茶、そしてハーブティーが飲めるのが売りのカフェだ。値段設定はやや高めだが、野菜をたっぷり使ったボリュームのあるメニューが人気を呼んでいるという。

三号店の店長は当然のことに顔見知りで、和を見つけるなり笑顔で声をかけてきた。手早く用をすませたあと、タクシーを呼ぼうという店長の申し出を断って、和は店を出る。少し頭を冷やしたい気分でもあったから、しばらく歩いた先の駅前まで行くことにした。

駅前の交差点にさしかかるなり、思い出す。そういえば先週、この先の商店街にある古書店から、探していた本が入荷したという連絡を貰っていたのだ。

立ち寄った分残業するか、時給からさっ引いてもらおう。そう決めて、和は平日の午後にもかかわらず人で溢れる商店街へと足を向ける。

目的の品を無事購入してすぐに古書店を出て、駅のタクシー乗り場より百貨店横の道路沿いの方が近いかと迷った。ざっと通りを見回した、その視界に「それ」が映ったのだ。

人波から頭ひとつ飛び出した長身の横顔は、つい先ほどまで事務所で来客との話に出ていた人のものだ。ふと分かれた人波の中、その長身にしがみつくように寄り添って歩く小柄な人物は髪が背中に届くほど長く、スカートにヒールを履いていて――。

「理史、くん……?」

いつの間にか、立ち止まっていた。

目に入ったのは、本当に一瞬だ。瞬《またた》いた時にはもう小柄なスカートは人波に埋もれていて、同居人とおぼしき長身も遠くなっている。

追いかけて確かめるところまで、気が回らなかった。

流れの中に突然置かれた石のように、和の背後で人が左右に別れていく。その場に呆然《ぼうぜん》と突っ立ったまま、和は先ほど目にした光景を思い出していた。

急用ができたので一時間ほど休憩を入れさせてほしい、という和からのメールへの八嶋の返信は「了解。でも移動する時は必ずタクシーを使ってね」というものだった。

ほっとして、和は窓の外を流れていく景色に目を向ける。見知った風景に目的地が近いと知って、無意識に両手を握りしめていた。

商店街で我に返ったあと、時計宝石店の看板代わりの大きな時計が目に入った。

表示されていた時刻は本店の夕方からの営業開始時刻ちょうどで、だから人違いだと思った。理史の今日の勤務は二十時までになっているのだ。

あり得ないと何度も思って、それでもどうしても気になった。タクシーに乗ってすぐに事務所ではない別の場所を告げてしまって、それから八嶋にメールをしたのだ。

分不相応だと知っているから、和はプライベートではタクシーを使わない。それを曲げてこうしているのは、和が「行く」ことを知られたくないからだ。

……「花水木」本店で仕事をしているはずの、理史に。

タクシーの運転手に料金を支払ってから、帰りも乗るので待っていてほしいと頼む。了承の声を聞いてから歩道に降り、少し離れた本店に目を向けて、今さらながら途方に暮れた。

用もないのに本店に出入りするのはよくないと主張したのは、和自身だ。それに、仕事中の理史は厨房の中にいる。覗いたりしたら、否応なく理史に和の存在が知れてしまう。

自分自身よりも丈の高い植え込みに埋まってどうしようかと悩んでいると、「あれ」という声がした。後ろめたさにぎょっと飛び上がって、和は目を見開く。

顔見知りの本店正社員スタッフがそこにいたのだ。仕事終わりらしく私服姿にコートを羽織って、不思議そうに和を眺めている。

「和くんかー。こんなところでどうした？　オーナーと約束……ってことはないよな。じゃあやっぱりあれ、デートなのか」

妙に納得したふうに言われて、和は違和感に瞬く。

「約束って、あの……理史くん、今日は二十時まで勤務でしたよ、ね？」

「その予定だったけど、急用ができたって昼の部で切り上げて速攻で帰られたよ。すごい慌てぶりだったからてっきり和くん関係かと思ったけど、違ったんだな。って、あれ？　けどここにいるってことは本店に用なのか？」

妙に納得したふうだった彼の声音《こわね》が、最後に至って微妙に尻上がりになる。それを聞いて、和はようやく我に返った。

「理史くんに用があったんですけど、携帯忘れたから直接来てみたんです。あの、さっきのデートっていうの……」

「あ、うん。噂《うわさ》っていうか目撃情報が複数ね。わりと最近だけど、オーナーが休憩時間中に可愛い系の女性と会ってるのを見たって」

「見た、んですか。直接？」

「そう。オーナーより年下で可愛い感じの彼女の腰抱いて歩いてたとか、すごい大事そうに見つめてたとかいう話。オーナーが午後休みに外出するのはいつものことだけど、ここ最近は帰りが時間ギリギリなんだよね。で、ちょくちょくイレギュラーで半日休みが入ったりする。だから今度こそ本当かなって、スタッフの間で密《ひそ》かに噂になってる」

悪戯《いたずら》っぽく言われて、すぐには言葉が出なかった。

今日はもちろん、ここ最近の和の大学への迎えは毎度のように八嶋で、それは理史がクリスマスメニューの考案で手が離せないからだと聞かされていたのだ。

「和くん？　どうかした？」

「ちょっと驚いただけです。理史くん、ずいぶんわかりやすいことやってるんだなって」

「オーナーがどうこうじゃなくて、スタッフの方が興味津々なんだよ。鵜《う》の目鷹《めたか》の目《め》で見られてますって奴。……それで和くんはどうする？　本店で電話借りてオーナーに連絡する？それか、オレのでよければ携帯貸すけど」

気遣うように言われて、慌てて首を横に振った。

「緊急じゃないので、またにします。タクシーに待ってもらってますし。あの、すみませんけど今日おれがここに来てたの、理史くんには内緒にしてもらえませんか？」

必死で言うと、彼は不思議そうな顔になった。そのあとで、思い出したように笑う。

「了解。その代わり和くんも、今オレが言ったことは聞かなかったフリで頼んでいいかな。今思い出したけど、オーナーって詮索されるの嫌いだったよね？」

「了解です。じゃあ、これは秘密で」

うん、と笑った彼と別れて、和は歩道を引き返す。待っていたタクシーに乗り込み、今度こそ事務所の住所を告げた。

リアシートに凭れながら、先ほど聞いた言葉が耳の奥で繰り返し響いていた。

……和が商店街で見たのは、やはり理史だったのだ。思考に浮かぶのはそのことだけで、他には何も考えられなくなった。

帰り着いた事務所で、途中だった書類の整理に戻る。何も考えたくなくて没頭しているうちに、八嶋がいつもの顔で手土産を持って帰ってきた。

「お疲れさま。これ買ってきたからちょっとお茶にしようよ」

「はい。煎茶でいいですよね？」

掲げるように見せられた袋は、和もよく知る和菓子屋のものだ。聞けば、出先で美味《お》しい《い》と評判を聞いてその足で買ってきたという。

「そういや、和くんの用事って何だったの？」

のんびりお茶を啜《すす》りながらの八嶋の問いに、和は咄嗟《とっさ》に言う。

「探していた本が届いたと連絡があったので、受け取りに行ってきたんです。古本なんですけど、どこでも見つからなくて諦めかけてて」

「そりゃよかった。……そうそう、さっき出先で理史から業務連絡があったんだけど、和くんに伝言頼まれてたんだ。例のクリスマスメニューの件で遅くなるから、今日も迎えは無理だって。僕が送っていくから、そのへんよろしく」

さらりと付け加えられた内容に、すぐには言葉が出なかった。辛うじて表情を変えずにいると、八嶋はするりと続ける。

「夕飯は帰って和くんと食べるってさ。和くんの手料理、僕も食べてみたいんだけど今日あたり招待してくれる気はない？」

「おれのってただの素人料理ですよ。八嶋さんが自分で作った方が絶対に美味しいです」

今はほぼ経営に専念しているとはいえ、八嶋は理史と同じくきちんと修業した料理人なのだ。さすがに、理史とこの人を並べて自作料理を出す根性はない。

苦笑混じりに返したあとで、そちらに話を振ってくれた八嶋に心底感謝する。おかげで、ギリギリのところで踏みとどまれた。

仕事を休んで女性と会っていて、どこがクリスマスメニューなのかと、思ってしまったのだ。今度こそ疑いようもなく、理史は和に嘘をついた。

「そうだ。明日の話だけど、僕の都合で事務所を閉めることになったから、和くんもバイトはなしでいいよ」

「……急ですね」

「個人的事情でね。たまの休みだと思って和くんもゆっくりして」

仕事を終えたあと、マンションまで送ってくれた八嶋に諭すように言われて頷くしかなかった。シルバーの車が見えなくなるまで見送ってエレベーターに乗り込みながら、和はざわざわと落ち着かない胸を持て余す。

何も考えたくなかったから、冷蔵庫の中身を浚《さら》う勢いで料理を作った。一心不乱に手を動かし、具沢山《ぐだくさん》の豚汁に炊き込みご飯、煮物を複数と和《あ》え物に酢の物と仕上げていく。一段落したところで、今度は和風サラダ用の野菜をカットしていった。

「こりゃまた豪勢だな。何かの祝い事か？……って和っ！」

ふいに背後から聞こえた声にぎょっとして、握っていた包丁を取り落としそうになった。跳ね上がった声で名を呼ばれるのとほぼ同時に包丁の柄ごと右手を握られて、和はどうにか息を吐く。数秒後、背中にぴたりと体温が触れていることに――後ろから長い腕に囲い込まれていることに、気がついた。

背後から、大きなため息が聞こえてきた。ついで、低い声が言う。

「悪かった。いきなり声なんかかけるもんじゃねえな。大丈夫か、どっか痛めてないか？」

「……理史、くん?」

耳元で聞こえた低い声に、思考が定まらないまま振り返る。驚くほど近くに理史の端整な顔を見つけて、急速に思考が冷えた。

「え、と……ごめん、いつ帰った? ぜんぜん、気づかなかっ……」

「インターホン、鳴らさなかったからな。足音で気づくと思ったんだが。で、大丈夫なのか?」

「う、……うん、平気。驚いただけ。——ありがとう。すぐご飯にするから」

「ん。美味《うま》そうだ。けど、今日は何かあんのか。記念日か何かだったか?」

頷いた理史が動いて、和の手から包丁を取り上げる。俎《まないた》の上に置くと、ほっとしたように息を吐くのが聞こえた。そのあとで、背中に触れていた体温が離れていったことをひどく寂しいと思う。

「違うけど。何で?」

「それにしてはえらく豪勢じゃないか?」

言った理史がしげしげと眺めているのは、カウンターに並んだ料理と中身が入った鍋類だ。目をやると確かにかなりの品数の料理ができていて、改めて呆然とした。

「……明日。大学に弁当、持って行こうかと思って」

「弁当用か。それにしては多くないか?」

「中野と桧山の分もあるんだ。あいつらよく食べるから、すぐなくなるんじゃないかな。

——理史くんは先にお風呂入ってきなよ。その間に支度すませとくから」

訥々《とつとつ》と言って、理史を浴室に追い立てた。あっさりリビングを出ていった背中がドアの向こうに消えるのを見ながら、友人たちには明日の昼食についてメールしておこうと決める。

理史がリビングに戻ってから、揃って席についた。並んだ料理は炊き込みご飯や煮物も含めていい具合に味がついていて、理史に褒めてもらえた。年上の又従兄弟の感心するような健啖《けんたん》振りを間近で眺めながら、和は昼間の出来事が悪い夢だったような気分になる。

「今日はどうだったんだ。変わったことは？」

「まあいつも通り。……あ、そういえば八嶋さんが評判がいいっていう和菓子買ってきてくれたんだ。たぶん、理史くんも好きな味だと思うから、今度買ってきてみようか？」

「そうだな。そのうち聡に買って来させるか」

「だからそういうの駄目だって。八嶋さんも忙しいんだしさ……あ、それと明日はバイトが休みになったから迎えはいいよ。ちょっと買い物もしたいから、ひとりで帰るし」

「買い物か。それ、今度の休みだと駄目なのか？」

気がかりそうに言われて、危うく首を横に振ってしまいそうになった。——そうしたら間違いなく、理史は次の休みを和に使ってくれるはずだ。

——恋人がいるなら、恋人を優先すればいいのに。

「……うん。それだと間に合わない。けど、すぐ終わるから心配ないよ」

「しょうがねえな。だったらタクシー使えよ。無理して歩くんじゃねえぞ」

顰めっ面で言った理史が、ふと思い出したように和を見る。

「それとおまえ、夕飯の支度で立ちっぱなしだったかしただろ。さっきから歩き方ヤバいぞ。疲れてるんなら早く寝ろ。その前にマッサージしてやるから言えよ」

「あー、うん。でも平気、だと思うけど」

「却下。少しだけつきあえ。そしたら明日が楽だ」

「……じゃあお願いします」

理史の伯母が来たことを、告げるつもりはなかった。そのくせ和はさりげなく――けれどいつになく緊張しながら、いつもの問いを口にする。

「理史くんの方は、今日どうだった？　クリスマスメニュー、決まりそう？」

「店はいつも通りだな。クリスマスメニューは、もう少し悩む予定。まだ猶予はあるだろ」

笑いながら返されて、胸の奥がつぶれた気がした。

女性と会っていたとか、そのために仕事を休んだとか。そういったことを、理史は和に話すつもりがないのだ。

もちろん、理史にはそんな義理はない。それに、よくよく考えてみれば、理史が和に恋人の存在を告げない理由もわかる気がするのだ。

和がいつまでここにいられるかと神経質になっていることを、理史はきっと察している。

三村夫人が自分の再婚を望んでいることや、そのために和にやんわり圧力をかけていることも心得ている。

そんな中で理史に「恋人がいる」と知らされたら、どうしたって和は出ていくしかなくなってしまう。

今回の嘘は、理史なりの気遣いだ。よくわかっていながら、こんなふうに知るよりも理史の口から聞かせてほしかったと思ってしまう。

どうしたところで、ずっと一緒にはいられないのだ。だったらせめていつかのように、遠慮なく婚約者を紹介してもらえる弟分でありたかった。

思ったあとで、ひどい矛盾だと笑えてきた。勝手すぎる自分に辟易《へきえき》しながら、和はずきずきと痛む胸を持て余していた。


翌日、大学に持参した弁当は友人たちから大絶賛を受けた。いつも通り送ってくれた理史がいくら何でも持ち歩けまいと最寄り駅のコインロッカーに突っ込んだくらいの量だったのに、中野と桧山は大喜びで重箱を空にしてくれた。

ちなみに最寄り駅まで弁当を取りにいったのは桧山だ。和が行こうとしたのを阻止して、鍵を手にかっとんでいった。それはじゃんけんで負けたからなのだそうで、勝った中野からは食後のコーヒーを奢《おご》ってもらった。

「そこまでの料理スキルがある浅川を心底尊敬するな」

「レシピ通り作っただけの素人料理だから、スキルは関係ないと思うよ。ただ、食べてもらう相手が料理人だからちょっと頑張りはしたけど」

「えー、十分美味かったじゃん。あれ以上は贅沢《ぜいたく》ってもんだろー」

満腹で眠くなったとカフェテラスのテーブルに突っ伏していた桧山が、いきなり口を挟んでくる。「ありがとう」と返すと人懐こい笑顔になって、また眠そうに目を閉じてしまった。

「腹いっぱいになったら睡眠って、ガキの証拠だよな」

「うっさい、昨夜《ゆうべ》眠れなかったんだってば！　てめえも体験してみやがれ、ホラーDVD四本立てっ」

「あいにく睡眠時間は確保する主義なんで。――けど、そこで頑張るのが浅川だよな」

前半の台詞を桧山に投げた中野は、後半で今度は和を見た。

「誰でもやることじゃないかな。それはそうと、中野って一人暮らしだよね。食事とか、どうしてるわけ」

「レトルトとインスタントとスーパーの総菜。飯だけは炊飯器で炊く」

「それ、飽きない？　っていうか、一か月の食費ってどのくらい？」

「一万以上二万以下ってとこだな。たまーに実家からクール便でタッパー入りのおかずとか届くし、その時はインスタントもついてくるから」

そうなのか、と納得しながら揃って次の教室に移動した。ノートを取りレポートの範囲を聞いてから、その日の講義は終了となる。

「浅川、今日はバイト休みなんだろ？　ちょっと遊びに行かない？」

教室を出るなり桧山に誘われて、和はわずかに思案する。どのみち出かけるつもりだったしと頷くと、中野の方が怪訝そうにした。

「いいのか。迎えとかは？」

「昨夜のうちに断ったんだ。仕事の休憩時間にうちまで送ってもらうのはちょっとね」

「ふーん。じゃあ帰りは送ってってやるよ」

「え、いいよ。タクシー使うから」

「弁当の礼だ。遠慮すんなって」

軽い口調とともに、中野に肩を叩かれた。戸惑っていると、今度は桧山の方が言う。

「遠慮せずに乗ってけって。あ、ついでにオレもよろしくねー」

「知るか。おまえは自力で帰れ」

再び始まった言い合いはさほど長引かず、じきにどこに行くかという話になった。キャンパスを歩いて最寄り駅に近い門へと向かいながら斜めがけにしたバッグから折り畳み杖を引き出したあと、ふいに門の外からこちらを見ている人影が目に入る。

考える前に、足が止まっていた。

「浅川？　どうした」

「忘れ物かー？」

数歩先まで進んだ友人たちが怪訝そうに振り返るのへどうにか首を振った時、携帯電話が鳴った。一言断って開いてみると、登録外の十一桁《けた》のナンバーが表示されている。

ふだんならまず出ないのに、今は出なければいけないような気がした。

通話ボタンを押した携帯電話を耳に当てて、和は小さく息を呑《の》む。

『和？　元気そうで何よりだ。――身長は、あれ以上伸びなかったんだね』

笑い混じりに、懐かしげに言う声に目眩《めまい》を覚えながら、和は辛うじて目を凝らす。先ほど校門の外にいた人影が和と同じように携帯電話を耳に当て、合図のように手を挙げてみせたのが厭になるほどはっきりわかった。

何も言えない和をよそに、通話の向こうの声は当然のように続ける。

『せっかく会いに来たんだから時間を取ってほしいな。まさか断らないよな？　まあ、断られてもついて行けばすむことだけどね。友達がどう思うかは知らないけど』

「……――あとで、また連絡します」

一言答えるのがやっとだった。ぎくしゃくと通話を切って、和は友人たちを振り仰ぐ。

「ごめん、急用が入ったから遊びに行けなくなった。埋め合わせはまた今度する、から」

「それはいいけどさ。浅川、真っ青になってんぞ？　どっかで休んだ方がいいんじゃないか？」

「……ありがとう。でも、そういうわけにはいかないから」

どうにか笑みを返した和に、桧山は露骨に眉根を寄せた。黙って見ていた中野に向かって言う。

「なあ、止めろよこれ。速攻、医務室に連れ込んだ方がいいって」

「そうはいかないって本人が言ってんだろ。——すぐ車取ってくるから、ここで待ってろ」

前半の台詞を桧山に、後半の一言を和に言ったかと思うと、中野はすぐに踵《きびす》を返した。

ぎょっとして、上着を摑んで引き留めた。気遣うように見下ろしてくる友人に言う。

「いや、いいよ。タクシー拾って行くから」

「んな遠慮しなくていいだろ。ついでに中野に送ってもらえばさ。こいつ、こう見えて運転はなかなかのもんだよ？」

「気持ちは嬉しいんだけど、送ってもらうにはちょっと障りがあるんだ。だから」

こればかりはときっぱり返すと、桧山は不満げに和を見下ろし、中野は眉を顰めた。ややあって、ぼそりと言う。

「本当に平気なのか？」

「古い知り合いに会うことになったんだよ。おれの脚のことも知ってる人だし、移動は車になると思う。だから、心配ない」

強い口調で言い切ると、ふたりはようやく納得してくれた。

「また明日」と言い合って別れてから、和は目についたベンチに腰を下ろす。門に向かう友人たちを見送る視界のすみで、門扉に寄りかかって立つ人影が不吉に目についた。

携帯電話を取り出して、ボタンに指を乗せる。とたん、狙っていたように電子音が鳴った。

『車で来てるんだ。門の外にいるから出ておいで』

当然のように命じる声に、いったいどうやって和の携帯ナンバーを知ったのかと思った。

「……あなたの車に乗る気はないんですけど。何の用ですか」

『ご挨拶だなあ。積もる話でもしようと思って三年振りに会いに来たのに』

「また、変に気が迷ったわけですか。おれは何も話すことはないんで、帰ってください」

『へえ？　そんなこと言ってもいいのかな』

今の今まで苦笑混じりで優しげだった声が、ひんやりとした響きを帯びる。

『いつから和は、僕にそんなことを言えるようになった？　こっちが穏便にしているうちに、おとなしく言うことを聞いた方が利口だと思うけどね』

反射的に、息を呑んでいた。頭の中で考えを巡らせて、和は絞るように言う。

「……そこから西に百メートル走った先に、喫茶店がありますから、そこで」

『わかった。その脚で歩いてくるんだろう？　ゆっくりで構わないよ』

笑うような声とともに、ふつりと通話が切れた。

待ち受け画面に戻った携帯電話をのろのろと折り畳んで、和は途方に暮れる。
どうしてここに滝川《たきがわ》が――姉の夫がいるのかと、そう思った。

4

最初の顔合わせの時点で、苦手だと思った。

どうしてそう思ったのか考えてみて、話していて気持ちの一部が竦むのだと気がついた。理由も根拠もない感覚に、自分でも戸惑った。その人の態度も物言いも終始落ち着いた穏やかなものだったし、和に話しかける声にも大人らしい気遣いがあったからだ。

遅くならないうちにと帰っていったその人を、和の両親は「優しくてよさそうな人」だと言った。駅までその人を送って戻った姉がそれを聞いて嬉しそうに笑うのを見て、和は自分が感じた印象を胸の奥に収めることに決めた。

自分の人見知りが出たせいだと思ったのだ。それで、姉から「和はどう思う?」と訊かれた時にも両親と同じ答えを口にした。

その人と二度目に会った時、和は自分のその判断が正しかったことを確信した。

姉の美花の婚約者としてたびたび和の家に出入りするようになったその人は、実際に落ち着いた優しい人だった。十近く年下で当時高校生だった和にも何かと話しかけてくれて、じきにそれなりに言葉を交わすようになった。

弟として姉の結婚を祝福した頃には、初対面での印象など欠片もなくなっていた。「義兄」という理史とは違う位置に収まった姉の夫とは、ふたりで出かけたりするほどの親密さはなかったものの、そこそこ親しくなれた。

四年前の事故で突然両親が逝った時に、その身元確認や通夜や葬儀といった手続きや手配をし喪主を務めたのは、姉の美花だ。重傷を負って病室で自失状態になっていた和を気遣いながら、まだ二十代半ばの姉がそれをきちんとこなしていったのは、夫が傍で支えてくれたからだ。もちろん理史を始めとした親類の手助けもあったけれど、姉にとって一番頼りになったのは義兄《あに》のサポートだったという。

（退院したら帰っておいで。これからは三人で暮らそう）

姉とともにたびたび病院に見舞いに訪れた姉の夫は、あとに遺された和を当然のように気遣い、自らそう提案してくれた。

何度かの手術と入院生活を経て自宅に戻り、新しい暮らしを始めた時、和は姉夫婦に山ほどの心配と迷惑をかけたことを痛感した。

姉にもだけれど、姉の夫にもこの上なくよくしてもらったのだ。今後はできるだけ負担をかけないよう自分でも頑張って、先々には恩返ししようと決めていた。

……あの「事件」が、起きるまでは。

二度目の高校二年生を終えたばかりの春休みは、和にとって久しぶりにのんびりすごせる日々になった。

初日は偶然にも休日だった理史に誘われて、ドライブを兼ねて丸一日遊んでもらった。二日目は疲れもあって昼まで寝て過ごして、週末にかかった三日目は仕事が休みの姉と朝から買い物に出かけ、午後は自宅のリビングで昼寝をした。

寝入る前のまどろんでいる時に、姉から追加で買い物に行ってくると声がかかったのも、それに生返事をしたのもうっすらと覚えている。姉の夫は朝から用事があると出かけていて、だから家の中にいるのは和ひとりだった。

妙な息苦しさと重みを感じて、中途半端に目が覚めた。自分の身体を眺めるように目を向けると、いつの間に帰ってきたのか、姉の夫がやけに近くで和を見下ろしていたのだ。

見慣れているはずの穏やかな笑みにぞっとするような歪《いびつ》さを感じて、ひどい違和感に視界がブレた。惑乱したままただ瞬いた和にあり得ないほど近く顔を寄せたかと思うと、姉の夫はいきなり和の頬を舐《な》め上げた。

生ぬるく濡れた感触に、ぞっと肌が粟立《あわだ》った。

（目が覚めちゃったか。もう少し、眠っててもよかったのに）

（なに……姉さん、は……？）

寝起きのせいだけでなく変に掠《かす》れた声で返しながら、その時にも和はまだ何が起きているのかを理解できずにいたのだ。

（美花なら当分帰って来ないよ。お使い先がちょっと遠いからね）

姉の夫が続いて口にしたショッピングセンターまでは、車でも往復一時間以上かかる。週末ともなれば人も車も多く、駐車場の空きを見つけるだけでもそれなりの時間がかかることを、和もよく知っていた。

（だからそれまで、ね。ちょっと楽しもうかと思って）

声と前後して、脇腹から胸元を何かが撫でていく。胸元のそこだけ色を変えた箇所を指先で摘《つま》まれ捻《ねじ》られて、痛みにびくりと背中が揺れた。その感覚に大きく目を瞠ったあとで、和は着ていたはずの長袖Tシャツが首元までまくれ上がっていたことに――その下の肌に姉の夫が手のひらを滑らせていることに、気がついた。

（な、んで）

何かで固められたように、身体が動かなかった。硬直したまま、和はよく知っているはずの、けれど今は別人のような姉の夫の顔をただ見つめている。

――姉夫婦は、とても仲がよかった。家庭での義兄は何につけ必ず姉を優先していたし、姉も義兄のことを一番に考えていた。あまりにもの仲睦《なかむつ》まじさにどうも自分はお邪魔虫だと理史に微笑ましく愚痴ったのは、ほんの一昨日《おととい》のことだ。

その人が、どうして和にこんな真似をするのか。

低い笑いとともに、胸元の尖った箇所を指先で弾《はじ》かれる。慣れない刺激が生んだのは痛みだけだったのに、それがひどくおぞましかった。

（本当は興味があるんだろ？　マサチカくん、だっけ。ずいぶんご執心だよね。……もっとも、向こうはまったくその気がないみたいだけど）

揶揄する声がその名を口にした瞬間に、死にものぐるいで暴れていた。上からのしかかる重みを押しのけ、身体をずらして逃れようとして、和はソファから床へと転がり落ちる。

落ちたという感覚よりも、右膝に来た衝撃の方が重かった。目が眩《くら》むような感覚に、和はその場から動けなくなる。

頭のどこかでまずいと思って、別の部分で逃げなければと焦燥を覚える。冷や汗が浮いて強《こわ》ばる身体を無理やりに起こして動こうとした、そのとたんに右脚を摑まれた。

無造作に引かれただけのことで激痛が来て、視界が揺れてカーペットに突っ込む。その身体を強い力で返されて、ぞっとするような重みが乗りあがってきた。

……そのあと、どのくらい揉み合ったのかははっきり記憶にない。いくつもの言葉を投げつけられたけれど、ただの音にしか聞こえなかった。ようやく和の耳に入った「言葉」は、悲鳴のような金切り声だ。

（和⁉　芳彦《よしひこ》さん⁉　いったい何——）

上からのしかかっていた重みが消えて、その拍子でカーペットの上に頭が落ちた。ころりと首を回した先、真っ青な顔でリビングの入り口に立つ姉の姿が目に入って、そこで和の意識は急速に落ちた。

それが最大の失態だったと、あとになって知った。


次に目を覚ました時、和はようやく縁が切れたはずの病室にいた。

ひどく打ち付けた膝は辛うじてレントゲンでは異状がなかったものの、ひどい炎症を起こしているため、経過観察を兼ねて当面は入院が必要になる。そう説明した主治医からは、顰めっ面で不注意を戒められた。和に付き添ってそれを聞いた姉は終始強ばった顔をしたままで、まっすぐに和の顔を見ようとしなくなっていた。

（何があったのか、訊いていい？）

医師と看護師が出ていったあとの病室で姉がまず口にしたのはその問いで、一瞬記憶が混乱した。数秒後に思い出した内容にぞっと背すじをひきつらせながら、それでも答えようと口を開きかけたところで病室の扉が開いて姉の夫が姿を見せたのだ。

何事もなかったかのように。——和を気遣う優しい顔で。

(美花。師長から話があるそうなんだけど)

その言葉に、姉は数秒、戸惑ったようだった。和を見た目線を夫に当て、もう一度和を見て物言いたげに唇を開閉し、ややあってため息のように言った。

(すぐ、戻るから。……芳彦さんも、一緒に来て)

姉とその夫が病室を出ていくのを見届けて、今さらに全身が震えた。

姉の夫が堂々と和の前に顔を見せることが、それを姉が容認していることがひどく恐ろしかったのだ。あるいはあの記憶は悪い夢か妄想で、自分がおかしくなったのかとすら思えた。

それだから、姉の夫がひとりで病室に戻ってきた時には震えながらも安堵した。

彼が見せた歪な笑みで、あれが実際に起きたことだと確信できたからだ。

(心配しなくていいよ。美花にはちゃんと話しておいた。――和くんに告白されたあげく膝の怪我《けが》を引き合いに強引に迫られて、仕方なく応じただけだ、ってね)

言われた内容が、言葉として理解できなかった。

愕然とした和の顎《あご》を、姉の夫は指先で撫でてくる。伝わってくる体温におぞけがくるほどの嫌悪を覚えて顔を背けたとたん、顎を摑まれて引き戻され、近くで覗き込まれた。

(おかげで美花には泣かれるし、さんざんだ。この顔がいけないんだな。危なく気が迷うところだった)

(ちが、……おれは何もしてな……っ)

（いつも、ずいぶん物欲しげにマサチカくんを見てるよね。本人はまるで気づいてないみたいだけど、見る者が見ればわかるんだよ。全部顔に出ているからね）

隠していたはずの気持ちを唐突に暴かれて、和は声を失った。

（黙っててほしいだろう？　だったらどうすればいいか、言わなくてもわかるね？　まあ、わからないならわからないで、こっちも実力行使させてもらうけどね）

向けられた顔は優しい笑顔のままで、かえってそれが恐ろしかった。動けない和を、そこだけは冷たく観察するような目で見据えて姉の夫はゆっくりと続ける。

（美花が知ったらどう感じるか、興味があるんだよね。兄貴分として好いているマサチカくんに対して、大事な弟の和がそういう気持ちを持ってると知ったら）

それに、と彼はひどく優しく、嘲《あざけ》るように言ったのだ。

（一番楽しみなのは、マサチカくんの反応だな。あんなに可愛がってる弟分が、実は自分を邪《よこしま》な目で見ていると知ったら、彼はどうするだろうね？）

「幽霊でも見たような顔だね」

指定した喫茶店の窓辺のテーブルで顔を合わせるなり、姉の夫――滝川はそう言って見知った穏やかな笑みを浮かべた。

「……平日なのに、どうしてここにいるんですか」

問い返しながら、これでは足りないと思った。

滝川と姉が暮らす土地は、かなりどころではない遠方だったはずだ。気まぐれに遊びに来られる距離ではないし、何より会社員の滝川は平日は仕事ではないのか。

気圧《けお》されないよう奥歯を嚙《か》んだ和をテーブルの向こうから見返して、滝川は眉を上げる。

「その様子だと何も聞いてないんだな。先月、僕と美花はこちらに引っ越してきてるんだよ」

続けて滝川が口にしたのは車で二十分ほどの距離にある地名で、和は言葉を失う。

「でも、姉さんからのメールにはそんなこと、一言も」

「まあそうだろうね。後ろめたいことやってる人間が、わざわざ周囲に喧伝《けんでん》するはずがない。それが可愛い弟相手でも……いや、弟だからかな。ところでマサチカくんは元気にしてるのか。あれからうまくやってるのか?」

「……――」

理史は滝川より年長で、だから通常の滝川は「理史さん」と呼んでいる。「マサチカくん」と口にするのは揶揄する時であって、間違いなく和の前でだけだ。

「そんなわけないか。離婚歴があるってことはストレートなんだろうし、かなり年下のしかも弟分に手を出すほどあぶれてもいないだろうしねえ」

黙り込んだままの和を眺めて、滝川は意味ありげに唇の端を歪《ゆが》めて笑う。

「あの状況でうまく同居に持ち込むあたり、ずいぶん狡猾《こうかつ》だと感心したよ。告白して爛《ただ》れた生活でもしてるのかと思ったが、美花からもそんな話はなかったしな。結局、和は大好きなマサチカくんにまるっきり相手にされないわけだ」

「……そんなの、あんたには関係ないでしょう。今さら、おれに何の用があって」

「あいにくだが、関係も用もないとは言えない状況でね」

ひんやりした声で和の言葉を遮って、滝川はテーブルの上に一枚の写真を滑らせる。それに視線を落として、呼吸が止まった。

写真の中央にいるのは理史だ。見知ったコートを無造作に羽織って、気遣うように視線を下に向けている。その腕に抱かれている白い横顔は、目の前の男の妻であり、和の姉でもある美花に間違いなかった。

「浮気っていうか、不倫だね。どうやら美花は、和が大好きなマサチカくんとつきあっているらしい」

「嘘、……だって、そんな」

「引っ越して以来どうも挙動不審でね。気になって調べてみたら、かなり頻繁に会っているようだ。そのくせ、僕には彼と会ったことすら一言も言わない」

放り出すように言われて、呼吸すら難しくなった。テーブルの上の写真から目を離せないまま、和は必死で反論する。

「……っ、でも理史くんと姉さんは又従兄妹《またいとこ》だし、姉さんも理史くんのこと兄貴みたいに思ってたはずで、久しぶりだから懐かしくて会ったのかも――」

「和抜きで、か?」

即答に、頭の中心を打ち抜かれたような気がした。

「単に懐かしくて会うだけなら、和を同行させるのが妥当じゃないのか? それ以前に和が、同居中のマサチカくんと実の姉の美花がふたりで会っていたのを知らなかったのはどういうことだろうね? まあ、知らなかったのは和だけじゃなく僕もだけど」

いったん言葉を切って、滝川は続ける。

「それよりもっと肝心な質問があるんだが。――もし不倫じゃないと言うなら、どうして美花やマサチカくんは和に僕らがこっちに引っ越してきたことを言わないんだろうね?」

同じ車に乗る気はなかったから、滝川の申し出は頑《かたく》なに断った。

料金を支払いタクシーから降りて、和は車中から見ていた店の看板に目を向ける。

和は入ったことがないけれど、大学の友人から聞いて知っている。長いカタカナの名前がついたそのカフェの売りは、ハーブティーの種類が多いことだ。

このカフェで、もうじき理史と美花が会う。その約束をしているのを、滝川が偶然聞いたのだそうだ。

（僕が出て直接問いつめると、美花の逃げ場がなくなるだろう？　それはちょっと可哀想だから、当面は知らないフリをするつもりなんだよ。――その間に、美花が改心して戻ってくれば咎めるつもりもないしね）

だから、と滝川は当然のように言った。

（和には、偶然居合わせたふりで現場に行ってもらうよ。引っ越しのこともだけど、どうして誰にも言わずふたりで会っていたのかを聞き出すんだ。その時の反応をよく見て、どういう関係かを見極めて僕に報告しろ。……できないとは言わせないよ？）

反論を封じるように告げた滝川は、タクシーを待つ和よりも先に来ているはずだ。

「和。こっちだよ」

かかった声に目を向けると、滝川が路上で待ちかまえていた。カフェに行くのかと思った和を裏切るように、隣の敷地にあったファストフード店へと向かう。

カウンターで飲み物だけを買い、カフェに出入りする客がよく見える二階席に陣取った。味のしないコーヒーに口をつけながら、和は落ち着きなく視線をうろつかせてしまう。

「――余計なことは言うなよ」

いきなりかかった声に目を向けると、滝川は尖った視線で和を見据えていた。

「僕は、美花と別れるつもりはないんだ。少々気が迷っただけのことなら、今回だけは見逃してもいい。不本意ながら、僕の方にも負い目があるからね」

「…………」

どの口でそれを言うのかと、気分が悪くなった。答えない和に苛立ったのか、滝川は荒い口調で続ける。

「あのふたりは前から怪しいと思っていたんだ。だいたい、三年も同居しておきながらおまえがマサチカくんを捕まえていないのが悪い」

一方的すぎる物言いに、思わず眉が寄った。それが気に障ったのか、滝川は嘲るように言う。

「ああ、おまえには無理に決まってるな。向こうにも好みがあるだろうし、それ以前に男にそういう意味で好かれたところで気色悪いだけだ。——和の本心を知ったら彼がどうするか、見てみるのも面白そうだけどね」

最後に付け加えられた一言は、婉曲《えんきょく》に見せて露骨な脅しだ。知られたくないなら言うことを聞けと言っている。

三年前のあの事件は、まだ終わったとは言えない。それを、和はよく知っていた。

和が姉夫婦が暮らす実家を出て理史のところに行くと決まった時、滝川はかなり頑固に反対した。それを強引に押し切った形で、理史が自宅に連れ帰ったのだ。

滝川はそれが気に入らなかったらしく、折に触れては戻ってくるよう和に連絡してきた。

約半年後にたまたまその連絡を理史に聞かれ、直後に姉夫婦が転勤で引っ越したのを機に和は携帯電話を変えた。その時に和は理史を通じて姉に連絡し、滝川には自分の連絡先はいっさい教えないでほしいと頼んだ。

あの事件は滝川にとっては気の迷いであり、過去の汚点なのだ。だからこそ、和を近くに置いて動向を見張ろうとしたのだろう。その認識が今でも変わっていないだろうということは、和を見る時の蔑《さげす》むような視線だけで伝わってきた。

頭の中が、痺れたように重かった。真正面に座る滝川を見ていたくなくて窓の外だけを眺めていると、眼下のカフェの駐車場に見知った白い車が滑り込んでくるのが目に入った。

自分が息を呑む音が、聞こえた気がした。

運転席から降りた理史は、携帯電話を耳に当てている。何かを探すように周囲を見回したかと思うと、ふいに視線を駐車場の入り口に固定した。そこに、先ほど和が乗ってきたのとはカラーが違うタクシーが入ってくる。

開いた後部座席から、小柄な影が降りてくる。ふらりとよろけたその人物を、駆け寄った理史が支えるように抱き込む。ゆるりと顔を上げた小柄な人物――姉の美花が、力なく、それでも必死で理史にしがみつく。その全部を映画館でスクリーンを眺めるように見つめながら、麻痺《まひ》したように何も考えられなくなった。

気遣わしげな顔をした理史が、姉を抱きしめる。大切なものを運ぶような慎重さで車へと引き返し、助手席のドアを開けた。いつもは和の指定席になっている場所に、手を貸して姉を乗せている。

——そういえばと、いきなり思い出す。

和が中学生の頃に、何かの拍子に聞いたことがある。美花の初恋の相手は、理史だったはずだ。結局妹にしかなれないから諦めたと、学生の頃にそう言って笑っていた……。

苛立った声に早く行けと言われ、引きずるように立たされる。そのあとは勝手に身体が動いて、気がついた時には和は手摺りを掴んで、階段を一階まで降りている。戸外に出、カフェの方角に向かいかけて、脚が動かなくなった。

——もう十分だ。見なくてもいい。

思った時には、逆方向に急いでいた。少しでも早くこの場所から離れようと、痛みだした足を動かして横断歩道を渡る。左手で信号待ちしている車の中に、空車表示のタクシーを見つけた。

近づく和に気づいたらしく、タクシーの後部座席のドアが開く。乗り込んで行き先を告げた時、視界に滝川の姿がちらりと映った。ほぼ同時に進行方向の信号が青に変わって、タクシーは歩道に立つ滝川を置き去りに走り出す。

緩やかに減速した車が、交差点の途中に並んだ右折待ちのウインカーの後ろで停まる。ぼんやりそれを体感しながら窓の外に目を向けた和は、そこに一番見たくなかったはずの顔を認めてぽかんとした。

運転席でハンドルを握った理史が、驚いたような顔で和を見つめていた。助手席の姉は気づかないのか、顔を伏せるようにして理史に寄りかかったままだ。

カフェを出た理史の車が、こちらに進路を取ったのだ。信号待ちの先頭になったその前で、和が乗る右折待ちのタクシーが停まった形だった。

ひどく長いと思ったその時間は、けれどほんの数秒だった。すぐに景色は流れ出し、理史も姉も見えなくなる。それなのに、和の脳裏からは消えないままだ。

かえりたい。そう思って、けれど「どこに」と反論する声がした。

あのマンションは理史のもので、だからすぐに理史が帰ってくる。もしかしたら、姉も一緒かも知れない。そう思っただけで、もう無理だった。

「……――」

うまく呼吸ができないまま、震える指で携帯電話を操作しひとつのナンバーを表示する。

通話ボタンを押して耳に当て、応答してくれた声に訴えた。

「ごめん……助けてっ――」

「浅川、携帯。さっきから鳴ってるが、いいのか？」

落ち着いた声に指摘されて、肩が揺れるのが自分でもわかった。

そんなことはよく知っている。ここに——中野のアパートに転がり込んでコートを脱いだ時に、ポケットからこぼれ出た。その時から、和は携帯電話の傍に座り込んだまま動けずにいる。

「とりあえず、茶くらい飲め。おまえ、自分で思ってる以上に冷えてるぞ」

「……うん。ありがとう」

やっとのことでそう言って、和は目の前に置かれていたマグカップを手に取った。口をつけてみたそれが少し温《ぬる》めまで冷めているのに気がついた。顔を上げてみれば、ここに来た時はまだ明るかった天窓の向こうはすっかり闇に沈んでいて、ずいぶん長く呆然としていたのだと思い知る。同時に、自分の言動を思い出して「やってしまった」と思った。

「ごめん。……いきなり」

「夕飯はカレーでいい？　一昨日実家から冷凍したヤツ送ってきたからさ」

「嬉しいけど、迷惑じゃないかな。だったらおれ、ホテルかどっかに行——」

「いや大歓迎だけど」

予想外の言葉に「え」と顔を上げると、中野は少し笑っているようだった。

「浅川からの頼まれ事って珍しいだろ。実はかなり嬉しかったりする」

「そ……うなんだ？」

「そう。支度するからそこで休憩してな。あと、うちに泊まるっていうの、親類の人に連絡した？」

何気ない問いは、けれど今の和の急所をもろに抉った。咄嗟にごまかすこともできず俯《うつむ》いていると、中野はさらりと続ける。

「まあ、たまには無断外泊ってのもいいんじゃないか？　もう二十歳も過ぎてることだし、羽目《はめ》を外してもおかしくないだろ」

「……そ、うかな」

答えた時、いったん静かになっていた携帯電話が再び鳴りだした。

小さな画面に表示されているのは理史の名前で、だからこそ手を伸ばすことができなかった。目を離せずじっと携帯電話を見つめていると、中野の声が耳に入る。

「どうしても気になるなら、メールで今日は帰らないってことだけ送っとけば。少なくとも事故や誘拐は疑われずにすむだろ」

え、と顔を上げた時にはもう、中野はキッチンへと行ってしまっていた。

ゆっくり閉じられたドアをぼうっと眺めて、和は小さく息を吐く。鳴り続ける電子音を聞きながら、握りしめていたコートを引っ張って右膝を覆った。

息を詰めるようにして数を数えて、五十は行っただろうか。長かった着信が途切れるのを待って、和は携帯電話を持ち直す。「今日は帰りません」とだけ打ち込んで理史に送り、そのまま電源を落とした。

——いきなり電話して「今夜泊めてほしい」と頼んだ和に、中野は即答で「いいよ」と答えた。居場所を訊かれた和がタクシーの中だと告げると、すぐに住所を教えてくれた。

どうしても、帰れなかったのだ。今は——少なくとも今日は、理史の顔を見たくない。そんなことをしたら、間違いなくとんでもないことを口走ってしまう。そう確信した。

車で移動する間にも、この部屋に着いた時にも落ち着くまで中野が放っておいてくれている時にも、携帯電話にはひっきりなしに着信があった。その中には滝川のナンバーからのものもあって、それを目にして一連の出来事が嘘ではなかったと改めて思い知らされた——。

「浅川、そこのテーブルあけてくれる？　よけいなもんがあるの、全部落としていいから」

「あ、うん」

中野から受け取った皿を、ローテーブルに並べていく。カレーにはサラダと考えたのだろう、豪快にちぎったレタスと分厚く切られた胡瓜《きゅうり》にドレッシングをかけた皿が添えられていて、それを見て何だかやけにほっとした。

夕飯のあとはテレビを見ながらだらだらとくだらない話をして、順番に風呂をすませたあとは寝ることにした。その間にも中野が事情を訊いてくることはなく、そのことに安心する。

眠る時は、ソファの奪い合いが勃発した。押し掛けてきた和が自分はソファで当たり前だと言えば、家主の中野は客はベッドを使えと譲らない。最終的にはじゃんけんで負けて和がベッドを使わせてもらうことになった。

新しく交換してくれた枕カバーに頬をつけ、暗い壁を眺めてどのくらい経っただろう。聞こえてくるのは中野の静かな寝息と、たまに傍の道路を過《よ》ぎる車の音ばかりだ。

静けさの中で息を殺しながら、理史が和の部屋で眠ってしまった時のことを思い出した。

姉に何かあったことだけは、確かだ。理史を頼らざるを得ない事情ができたのか、あるいは滝川の言う通り、姉と理史が恋仲になったのか。

本店で聞いた、理史がここ最近たびたび会っていた女性も、おそらく美花のことだろう。和自身が商店街で見た女性は後ろ姿で一瞬だったけれど、思い返せば姉とよく似ていた。

ようやく冷えてきた頭に最初に落ちてきた認識は、理史も姉も和には何も言わなかった――ということだ。おそらくはふたりとも、和に話す必要性を感じなかった。

当たり前、だ。理史にとっての和は姉夫婦と諍《いさか》いを起こして一緒に暮らせなくなった問題児であり、姉にとっては三年前に夫を誘惑した不肖の弟でしかない。

……姉や理史が、悪いわけではないのだ。ふたりに信頼されないのは和の自業自得であって、文句を言える立場ではない。

それなのに、寂しいと思ってしまうのだから我ながら勝手だ。面倒をかけるばかりなのに、一人前に「どうして」と思ってしまう。自分自身、姉や理史に隠しごとをしているくせに、彼らが和に「言わなかった」ことに執拗《しつよう》にこだわっている――。

小さく寝返りを打った先、目に入るのは枕元に持ち込んだ携帯電話だ。あれからずっと電源を落としたきりで、だから傍に置いたところで何の意味もない。

それなのに、手元から離せない。今すぐ電源を入れて理史の声を聞きたいと願いながら、今その声を聞いては駄目だと知っている。

「……全部中途半端なんじゃん、おれ」

こそりと落ちたつぶやきは、ほとんど吐息に近かった。朝まで眠れないのを覚悟の上で、和は固く瞼を閉じた。

翌日、和は大学を自主休講した。

もう少し、落ち着く時間がほしかったからだ。午後から入っている事務所でのバイトに出て、夜には理史のマンションに帰るつもりだったから、それまでに気持ちの整理をしておきたかった。

パンとコーヒーだけの簡単な朝食を終えたあと、「今日は大学は休む」とだけ言った和に中野は「そうか」と頷いた。「ネットは好きに使っていいぞ。好きな時に帰っていいから、今度大学で会った時に返せ」という言葉と合い鍵を渡して、時間通りに出かけていった。

残された和は冷めたコーヒーが残ったカップを片手に、中野のパソコンを操作している。

画面に表示しているのは、この界隈《かいわい》の賃貸情報だ。

昨夜のうちに、遠からずあのマンションを出ようと決めていた。

この脚が今以上によくなることはないから、あとは和自身が折り合いをつけていくだけだ。そして、三年前は未成年の高校生だった和も、今はとうに二十歳を越えてしまっている。

理史が和を預かることになった大きな理由はもう、存在しないのだ。右脚のせいでバイトが見つかりづらいのも、それで一人暮らしは金銭的に厳しいのも、姉を頼れないのも和の勝手な事情であって、それを言い出したらいつまで経ってもずるずると甘えることになりかねない。

言い訳する前にバイトを探して、どうにか見つける。金銭的に厳しいなら、厳しいなりにどうやってやっていくかを考える。

和がすべきなのはそっちだ。ずっとここにいたい理由を並べたところで意味はないし、かえって甘えてしまうだけに決まっている。

好きだから、近くにいたかった。そのために、姉の嫌悪はもちろん理史の気遣いも利用した。過保護だと文句を言いながら、都合よく甘えていた。

考えてみれば大学を卒業するまでというのも確約ではなく、和が勝手に思っていただけでしかない。気づいてしまえば終わらせるしかないと、やけに静かにそう思った。

大学に徒歩で通える範囲の物件の家賃相場を確認して、和はパソコンの電源を落とす。一応、理史にメールだけはしておこうかと携帯電話を手に取り、落としたきりの電源ボタンに指をやった時、タイミングを合わせたようにインターホンが鳴った。

時刻はまだ昼にも早かったはずだ。中野なら鍵を使って入ってくるはずと、そのまま知らないフリをすることにした。

今度はノックの音がした。思わず振り返って玄関の方を見ている間にも、一定のリズムで響いている。

「えーと……？」

古典的すぎて、何となく放置できなくなった。

そろそろと向かった玄関先でドアスコープを覗いてみて、和は思いがけなさに目を瞠る。次の瞬間には、施錠を外してドアを押し開けていた。

「おはよー。脚の調子はどうかな。昨夜冷やさなかった？」

「お、はようございます……冷やしては、ないですよ。友達が膝掛け貸してくれたし」

和の返事に、玄関前にいた八嶋が「そっか、よかった」と笑う。そのまますると部屋の中に入ってきた。和が我に返った時には靴を脱いで、奥の部屋に向かってしまっている。

「え、あの！　八嶋さんっ？」

慌てて追いかけたら、間を置かず戻ってきた八嶋と鉢合わせた。

「はいこれ着てー。でもって靴履いてー。うんＯＫ、じゃあ行こうか」

言葉とともにコートを着せられ、靴を履くよう促されて、和は中野の部屋の外にいた。呆気に取られたその傍に立つ八嶋は肩に和の鞄《かばん》をかけ、見覚えのあるキーホルダーを――中野から預かっていた合い鍵を使ってドアを施錠する。そのあとは、あれよあれよと言う間にアパート横の路肩に停められていた八嶋の車に押し込まれてしまった。

「あの……どこに行くんですか？」

車が走り出してまもなく、ようやく状況を飲み込んだ和が訊くと、運転席の八嶋はいつものののんびりした様子で「うん」と笑う。

「ちょっと事務所にね。和くんに頼みたいことがあって」

「頼みたいこと、ですか。お使いとかですか？」

「ちょっと違う。けど、しばらくつきあって。ごめんね」

すまなそうに謝られて、反射的に首を横に振っていた。

まもなく、フロントガラスの先の風景が見慣れたものに変わる。雲がほとんどない冬晴れの空をぼうっと眺めながら、和はふっと「あれ」と思う。

どうして八嶋が中野のアパートを知っているのか、と。

和ですら、昨日初めて詳しい住所を知ったのだ。それに、八嶋は和を迎えに来てくれた時に何度か中野と顔を合わせてはいるものの、名前すらはっきりとは知らないはずだ。

それに――。

「あの。八嶋さん、どうしてあそこにおれがいるって知っ……」

「その呼び方禁止したよねー？　聡さんと呼びなさいって」

横顔で笑った八嶋が、車を事務所の駐車場に乗り入れる。エンジンを切ると、助手席の和を見てにっこり笑った。

「とりあえず、お茶でも淹れようか。話はそのあとで、ね？」

5

車中ではぐらかされた問いへの返事は、事務所に入ってすぐにわかった。

中央に置かれたソファに、夜までは会わずにすむはずだった相手――理史が座っていたからだ。

和を見るなり凭れていた背を起こした理史は、けれど何も言わなかった。ただじっと和に視線を当てている。

「理史、く……何で、仕事、は……？」

無意識にこぼれた声が静かな中でやけに響いて、和は身を竦ませた。振り返った出入り口のドアには八嶋が寄りかかっていて、困ったものを見るような顔で和を見返してくる。

「あのアパートを突き止めたの、理史だよ。朝早くから店を休んで大学の前で張ってて、和くんの友達を捕まえた。——僕が迎えに行ったのは、理史だと和くんは出てこないかもしれないから、念のための代理」

「あ……」

「和くんねえ。いくら何でも無断外泊はどうかと思うよ？　携帯電話にかけても出ないし、メールを送っても今日は帰らないって一言メールが返ったきりで、しまいには電源が落ちましたのアナウンスだろ。こっちがどれだけ心配したと思ってる？」

咎める口調で言われて声を失った和に、八嶋は同じ口調で続ける。

「夏場ならともかく、今は真冬で昨夜はかなり冷えたでしょう。もしかしたら具合でも悪くしてるんじゃないか、脚に来て動けなくなってないかって、ずっと気を揉んでたんだよ？　理史なんか、結局一睡もせずに待ってたし」

「聡。よせ」

「よせって、理史ねえ。ちょっと甘過ぎじゃないか？　こういう時はちゃんと言わないと」

いつになく尖った声で咎めた八嶋に目をやって、ソファの上の理史は言う。

「もういい。……言われなくてもわかってる顔をしてる。友達のところにいたようだし、無事だったなら十分だ」

「——」

声が出ないまま理史に目を向けて、彼がひどく疲れた顔をしていることに気がついた。髪はいつになくばさばさになっていて、顎には無精髭まで浮いている。

とうに二十歳をすぎた男が、たった一晩帰らなかったくらいで。

反発するように思ったのは一瞬だ。理史にとっての和は預かりものの庇護《ひご》すべき存在なのだし、何より和自身がそうあることに甘えていた。

一緒にいる時ですらあれほど和を気にかけていた理史が、心配しないはずがない。わかりきっていたはずのことを思った時にはもう、言葉がこぼれていた。

「ごめんなさい。勝手なこと、して」

そこまで言って、その先が続かなかった。

理史の答えはなかった。ただ、俯いていてもじっとこちらを見つめている視線だけははっきりと感じていた。

長く続いた沈黙を見かねたのか、ややあってため息混じりに八嶋が言う。

「理由を訊いていいかな。どうして無断外泊なんかしたの。僕や理史の電話に出なかったのも、メールを返さなかったのもわざとだよね？」

「――――」

答えられず、和はぐっと黙り込む。耳の奥によみがえったのは、滝川のあの言葉だ。

（余計なことは言うなよ）

（和の本心を知ったら彼がどうするか、見てみるのも面白そうだけどね）

わざわざ脅されなくても、言えるはずがない。嘘が言えるほど器用ではないし、無理に取り繕ったところで理史にはまず見抜かれる。

和にできるのは、ただ「言わない」ことだけだ。そう思い、三年前と同じだと気がついた。

あの時も、本当のことを言うわけにはいかなかったのだ。

他でもない、和自身のために。

「——……美花のことなんだが」

ふっと耳に入った低い声に、反射的に顔を上げる。こちらを見たままの理史とまともに目が合って、それが苦しくてまた俯いていた。

「旦那の異動に伴って、二か月ほど前にこっちに引っ越してきたそうだ。俺に連絡が来たのは引っ越して間もない頃で、相談に乗ってほしいと言われた。それで時々会って話を聞いたり、弁護士を紹介したりしていた。……今は、滝川との離婚の準備をしているところだ」

「りこん……?」

思いがけない言葉に、目を瞠っていた。——滝川は、姉と理史が不倫関係にあると言っていたのだ。

和の記憶にある限り、姉夫婦の仲は円満だった。だからこそ、三年前のあの事件の時に滝川の豹変《ひょうへん》に驚いたし、最終的に姉が滝川の言い分を信じたのも当たり前だと思っていた。

——それなのに。

「どうやら、滝川は会社でうまく行ってなかったらしいな。二年ほど前からたびたび美花に手を上げるようになって、美花はずっと悩んでいたんだそうだ。――二か月前の異動は失態を起こした結果の左遷で、その前後からは暴言暴力がひどくなっていた」

「…………」

「一昨日の夜にもかなり殴られて、泣きながら連絡してきた。すぐ逃げるように言ったんだが、滝川が恐ろしくて家を出られなかったらしい。それで翌日、滝川が出勤したらすぐに出てくるように言った。迎えに行こうかと言ったら、目印にあの近くのカフェを指定された。――和とすれ違った時は、美花を病院に連れていく途中だった」

「……怪我とか、は？」

「肋骨《ろっこつ》が二本折れていた。警察に届けたあとは家に帰さず、こっちで保護している」

保護、という言葉にほっとしながら、和はやっとのことで訊く。

「じゃあ、今……姉さん、は」

「真由子《まゆこ》のところに預けた。幸い美花は今のところ働いてねえし、当面は匿《かくま》って治療と離婚準備に専念させるつもりだ」

真由子というのは、理史の別れた妻の名前だ。最後まで彼女に馴染《なじ》めなかった和とは対照的に、姉は真由子とふたりで遊びに出かけるほど親しくしていた。

ほっと息を吐いて、それきり何も言えなくなった。

昨日姉が理史にしがみついていた経緯はわかったのに、どうしてか深い喪失感を覚えてしまう。

「ただし、真由子はもう再婚してるんで、旦那の手前ずっと預かれってわけにはいかない。だから、近いうち美花はうちに避難させる」

瞬いて顔を上げた和を見たまま、理史は落ち着いた声で続ける。

「昨日の夕方、弁護士が滝川のところに離婚の意志を伝えに行ったんだが、美花を返せと喚《わめ》くばかりでろくに話も聞かなかったらしい。似たようなケースを扱った上での意見として、おそらく調停でも長引くだろうし、美花の身辺には十分な注意が必要だとも言われた。身の安全の確保はもちろんだが、ずいぶん怯《おび》えて疲れているようだから、できるだけ安心できる環境に置いてやりたい。——だから、和に一緒にいてやってほしいんだ」

予想外の方向に動いた話に、和は大きく目を瞠った。それをどう感じたのか、理史はごく事務的な口調で続ける。

「うちの中のことは和がいればわかるだろ。俺の部屋を美花が使うのは抵抗があるかもしれねえから、ひとまず和の部屋を貸してやって、和が俺の部屋を使えばいい。うちのセキュリティが完全とは言わねえが、そこらのアパートよりは信頼できるはずだ。美花はもちろんだが、おまえも俺か八嶋以外の人間には絶対にドアを開けないよう徹底すればまず大丈夫だ」

「あの、ちょっと待っ……」

「もちろん、買い物や大学やバイトの送り迎えは俺と聡が引き受ける。ドアの前まで迎えに行ってドアの前まで送っていくから、和は何も心配しなくていい」

「待ってよ。それって、姉さんとおれのふたりで住めってこと？　そんなのおかしいよ、だってあのマンションは理史くんのなのにっ」

「家主がそうしろと言ってるんだから問題ねえよ。俺はここでも本店でも寝られる。たまにはそういうのも面白いしな。そういうわけで、遠慮は無用だ」

茶化すような物言いは、和や姉に遠慮させないためのものだ。言われなくてもそれがわかって、思わず首を横に振っていた。

怪訝そうな目をした理史を今度こそまっすぐに見返して、和は言う。

「……だったら、おれがここに泊まる。姉さんには、理史くんがついていてあげた方がいい」

理史が和に姉の事情を話したのは、おそらく昨日あの場で和と遭遇したせいだ。知られた以上教えるしかなかったのなら、なおさらそんなのは駄目だと思う。

この二か月間にも、姉からは週に一度必ずメールが届いていた。けれど、先週来た一番新しいメールですら、引っ越しや姉の状況を匂《にお》わせるものは何ひとつなかったのだ。むしろ、問題なく元気にやっているとしか思えない内容だった。

ただ知らせなかったのではなく、積極的に、和には知らせまいとしたのだ。要するに、美花にとって和は必要ないということでもあった。

美花にとっても、三年前のあの「事件」はまだ終わっていないのだ。どうしようもない残ったしこりは、きっと今後もそのままそこにある。

「ちょっと待て。どうしてそうなる？」

胡乱《うろん》そうな声に俯いていた顔を上げると、物言いたげな顔をした理史と視線がぶつかった。

ひとつ息を呑み込んで、和はゆっくりと言う。

「姉さんはおれに会いたくないだろうし、おれも会わせる顔がないから。正直、急にそんなこと言われても困るよ」

理史は、三年前のあの「事件」をせいぜい行き過ぎの喧嘩《けんか》だと思っているはずだ。今の和の言い分に不審を覚えて姉に訊いたとしても、姉もそこだけは口裏を合わせてくれるだろう。

……理史だけには、どうしても知られたくないのだ。呆れられるとか軽蔑されるとかいった意味合いではなく、「和がそんなことをした」と思われたくなかった。

「どうしてそうなるんだ。こっちに戻ったのをおまえに連絡しなかったからか？　美花はただ、和に心配をかけたくなかっただけだぞ」

「それは、そうかもしれないけど。どっちみち、おれには心配する権利とかないから」

ぶっきらぼうに言った和を、理史は光る目でじっと見つめた。

逃げるように俯いてさえ感じる視線が痛くて、和は両手を握りしめる。あえて口を噤《つぐ》んでいるのだろう、八嶋は入り口ドアの前に立ったまま何も言わず、動くこともなかった。

「……三年前の件か。どうしても美花に会えないか?」

ため息混じりの理史のつぶやきに、自分の肩がびくりと揺れるのがはっきりわかった。ぐっと唇を噛んで俯いた和に、低い声が淡々と言う。

「そりゃ逆だろ。ちょうどいい機会だと思って、じっくり美花と話をしてみろ」

「……――」

「本当は違うんだろ? どう考えたってあり得ねえしな」

無造作に告げられた言葉に、空気が凍った気がした。

まさか、と思った。おそるおそる顔を上げるなりこちらを見たままの理史の視線にぶつかって、和は呼吸を止める。

「三年前のあの時に、美花から聞いた」

その言葉を聞いた瞬間に、目の前が破裂したと思った。

――だったら、理史は「和が滝川を誘惑した」ことを承知で和を自宅に入れることを提案したのか。姉と口裏を合わせて、何も知らないフリをして?

認識した、その瞬間に目の前が真っ白になった。

言われなくても、わかる。理史がそうしたのはあの時の和を放っておけないからで、実際に和には他に逃げる場所などどこにもなかった。それに、先に騙したのは和の方だ。本当のことを隠して自分は変わっていないフリをして、理史の傍に行くことを望んだ。それを思えば、和に何を言える筋合いもない——。

混乱しきった頭の中で、ふっとひとつの焦点が定まる。

理史は、いつどこに誰といても変わらず和を愛玩物扱いで構い倒して、とことん甘やかした。体調に気を配り湯上がりにはマッサージまでして、そのまま和のベッドで眠ってしまった。

……和が、「男相手に恋愛感情を抱く」人間だと知った、上で。

「————」

身体の中で、何かが崩れるように「ああ」と思った。——要するに、理史にとっての和はまるっきり、そういう対象ではなかったのだ。

そんなもの、今さらだ。和はただの又従兄弟の弟分で、それ以上も以下もない。

笑えるくらい、よく知っている。けれど、こんなふうに——完璧なまでにそれを見せつけられるとは、思ってもみなかった……。

「そこまで驚くことか？　俺は最初っから信じてねえぞ。美花から聞いたが、おまえどれだけ問いつめられても滝川が言った通りのことを繰り返すだけだったんだろうが」

「だ……でも」

「仮におまえが滝川に片思いだったとしても、美花の旦那に手え出すほど後先見ずじゃねえよな。第一、一緒に住んでた美花がまるっきりそういう気配も感じなかったっていうのはおかしいだろう」

和の言い訳を許さないふうに、理史は強い声音で続ける。

「何があって喋らなかったのかは知らないが、もうそろそろいいんじゃねえのか？　やってねえことははっきりそう言え。黙ってひとりで抱え込むな。……美花だって、おまえに何か事情があったんだろうと思ってる。ずっとおまえを気にかけてたんだ」

理史の、諭すというより染みるように優しい声が、針のように痛かった。

――どうして放っておいてくれないのか。すべて滝川が言った通りでいい、そう覚悟を決めて必死に隠してきたものを、こんなふうに掘り起こそうとするのか。

本当のことを知られてしまったら、和は理史の顔をまともに見られなくなってしまうのに。

「……事情なんか、ないよ。お義兄《にい》さんが言った通りで、間違いない」

平淡に言った和に、理史は露骨に眉を顰めた。

「和。おまえなあ」

「本当はずっと好きだったんだ。絶対相手にされないと思ってたから、黙ってただけで」

言いながら、けれど脳裏に浮かんでいたのは姉の夫ではなく当時の理史の顔だ。離婚して独身に戻って仕事に没頭して、その合間に和を気にかけてくれた――誰よりも好きだけれど、絶対に手の届かない人。

「ふたりきりになる機会なんか滅多にないから、おれから義兄さんを誘ったんだ。向こうが乗り気じゃなかったから、自分で脚をぶつけて言うこと聞いてくれないともっと怪我してやるって脅した。……思ったより早く姉さんが帰ってきたから、あんなことになったけどさ」

そういうことにしておけば、ただ気まずいだけだ。姉の夫を誑《たぶら》かすろくでなしだと思われたとしても、それを理史がとうに知っていたのなら——知った上であんなふうに構ってくれたのなら、軽蔑され弟分を取り消されたとしても、きっとただの又従兄弟ではいられる。一時は距離があいても十年先か二十年先に、当たり前に話せる間柄に戻れるかもしれない。

「……和。それは違うだろう」

「違わない。理史くんが知らなかっただけだ」

だって、本当のことを言ったところで仕方がない。——苦い顔をした理史を見返しながら、本当は続けたかったその言葉を飲み込んだ。そうして、和はまたひとつ嘘をつく。

「だから、姉さんには会わない。姉さんも、そんな話は聞きたくないと思う」

和の本心を知ったら、理史はきっと困り果てるだろう。それだけならまだしも、気持ち悪いと嫌悪されるかもしれない。

だから、言えないのだ。何があっても、理史には——理史にだけは、和のこの気持ちを知られるわけにはいかない。

……ずっと、好きだった人だ。この三年間、ずっと近くにいさせてくれた。保護者として又従兄弟として、兄貴分として和をとても大切にしてくれた。その和がこんな気持ちを抱いていたと知ったら、和にとってとても貴重な宝石のようだったあの時間が、理史にとっては思い出したくもない忌むべきものになってしまうかもしれない。

それだけは、厭だったのだ。あの時間がきっと一緒にいられる最後だから、せめて理史にとってごくふつうの日常であってほしかった。

物理的には最も近い距離だけれど、恋をするには永遠というほど遠い。――それが和と理史の間の距離で、だからこそそっとしておきたかった。

「待て。和、どうしてそういう」

「どっちにしても、そろそろ理史くんのマンションを出ていこうと思ってたんだ。新しい部屋が見つかるまでの繋《つな》ぎで、ここで寝泊まりさせてもらえたらちょうどいいし」

「何だ、そりゃ。どうしてまた」

「いい加減、甘え過ぎじゃん。おれ」

極力何でもないことのように言ったら、理史は露骨に眉を顰めた。それを知った上で、和は声を明るくする。

「三年前はまだ未成年だったし、脚の調子も悪くて自分ひとりだとどうにもならなかったから、理史くんに助けてもらった。けど、もうおれとっくに二十歳になってるし、脚の状態も落ち着いてる」

「落ち着いてたって無理はできないだろうが。第一、まだおまえは学生だろう。一人前を気取りたいなら、せめて社会人になってからにしたらどうだ」

「学生だけど、バイトはできるよ。脚のことだって、自分でどうにか折り合いをつけるしかない。無理できないとか言ってたら、いつまで経っても理史くんに甘えることになる」

「和」

「これ以上、理史くんに面倒をかけたくないんだ。何とかならなくても何とかするし、無理なら無理なりに考える。だから、もう理史くんはおれのことは心配しなくていい」

「……和」

今度の声は、先ほどのよりもずっと低かった。怒っているのとも不機嫌なのとも違う、初めて聞くような声。

「姉さんがそんなんだったら、おれじゃなくて姉さんのこと心配してよ。どうしても必要な荷物は今日中に出すようにするから、姉さんにはおれの部屋を使ってもらえばいい。あそこなら内鍵もあるから、姉さんも理史くんも気楽だよね？」

自分の声が、変に遠かった。そのくせ、それが間違いなく自分の口から出ていると実感する。他人事《ひとごと》のようなのに、紛れもなく自分のことだと知っている――。

「待て、和」

ぼんやりしていた思考が、まっすぐなその声でふつりと途切れる。我に返ったように瞬いたあとで、ようやくそれが理史の言葉だったと気がついた。

「どうしてそうなるんだ。美花を匿うだけの話で、何でおまえが出てかなきゃならない？納得いかねえな。ちゃんとこっちにわかるように説明してみろ」

低く唸《うな》るような声を聞いて、「怒らせた」と気がついた。

仕事では短気な部分もある理史は、けれどプライベートでは驚くほど辛抱強い。言い方が荒くても怒ることはまずないし、不機嫌に見えるのもポーズのことが多い。

そのせいか、本気で怒るととんでもなく恐ろしいのだ。ふだんの和なら間違いなく萎縮《いしゅく》して、理由も聞かずに謝ってしまったはずだ。

――それなのに、どういうわけか今は何も感じなかった。

「説明なら今したよ。他に何も言うことなんかない」

「残念なことに、まるっきり説明になってねえな。……どっちにしても、とにかく美花に会ってやれ。あいつは和を気にしてるし、会いたがってもいるんだ」

「……会わないって、さっきから何度も言ったよ。理史くんこそ、そんなに姉さんが心細がってるんだったら、おれのことなんか放っといて傍にいてあげたらいいじゃんか」

好きでもない相手から恋愛感情を押しつけられることがどれほど苦痛かを、和はよく知っているつもりだ。少なくとも滝川からのそれは和にとって意味不明でおぞましくて、吐き気がするほど厭なものでしかなかった。

「――引きずられて帰りたいのか？　美花に会って本当のことを言えばいいだけだ。難しいことでも何でもないだろうが！」

「だから本当のことならさっきから言ってるだろ⁉　おれは義兄さんが好きで、だけどまともに相手にしてもらえなかったから……っ」

そんな思いを、理史にはしてほしくない。というより、理史からそんなふうに思われたくはない。

「和！　おまえいい加減に」

どうせ届かない気持ちなら、なかったことにして葬ってしまった方がいい――。

「はいストップ。理史、もうそのへんで」

唐突に、俯いた視界に何がが割って入った。滲《にじ》みかけた目を上げた先、ブルーグレーのカットソーを見つけて、和はぼんやりと瞬く。

「とりあえず、今日はここまで。和くんは僕が預かるから、理史は帰って寝ろ」

「……あぁ？　何だそりゃ。まだ話は終わってねえって」

「無理だろ。和くん、もう許容量越えてるよ？」

目の前にあるカットソーの背中が八嶋のものだと気づくのと、その向こうで理史が動いたのがほぼ同時だった。合間からこちらを見ていた理史とまともに目が合って、和は凝固したように動けなくなる。

ぎょっとしたように表情を変えた理史が、思わずといった様子で一歩前に出る。それを見た瞬間に、逃げるように後じさってしまっていた。それでなくとも滲んでいた視界が揺れて決壊し、和は小さく嗚咽《おえつ》をこぼす。

今、ここで泣くのは卑怯だ。わかっているのに、涙腺《るいせん》が壊れたように止まってくれなかった。

目の端に映る理史が、その場で表情と動きを止める。伸ばしかけていた手を下ろしたかと思うと、その手のひらを握り込むのが見えた。

理史がこぼしたため息に、切りつけられたような気がした。目の前の八嶋もまた肩で振り返るようにして和を見ていて、その視線を痛いように思う。

「……あと理史、何もかもいっぺんに言い過ぎ。無断外泊の件ならともかく、美花ちゃんのことに関しては和くんは何も知らなかったんだから、いきなりあれこれ言われたって混乱して当たり前だ。見た感じ、和くんもあまり休めてないみたいだから、少しくらい猶予はあげないと」

「ああ。——悪かった。確かに、何もかも一度に言い過ぎた」

「そのへんはまあ、両成敗かな。和くんの無断外泊がなきゃ理史のリミッターも外れはしなかったんだろうし。どっちにしても、おまえはとっとと帰って寝な。さすがに明日は休めないだろ？　これ以上森内《もりうち》くんを酷使して、よその店に奪られたらどうするんだよ」

「……すまん」

八嶋の冗談めかした言い方に、理史がばつの悪そうな声を返す。そのまま、理史は足音を立てて事務所を出ていってしまった。

和の傍を過ぎる時に足を止めたのはわかったけれど、顔を上げる気力も声をかける勇気もなかった。俯いて事務所の床を見たまま、和は音だけで理史を追いかけた。

「……アパートで見た時にも思ったんだけど、寝た方がいいのは和くんもだよねえ」

事務所のドアが音を立てて閉じるなり、そんな声がした。

ぼうっとしたままのろのろと顔を上げると、困ったような――しょうがないなとでも言いたげな顔の八嶋とまともに目が合った。

「頑固っていうか、筋金入ってるよなあ。素直に甘えとけば泣かずにすむだろうに」

声はちゃんと聞いていたのに、言われた内容が頭に入って来なかった。それでただ見返していたら、ため息混じりに近づいてきた八嶋にぽんと頭を撫でられた。

子どものようにハンカチで顔を拭われて、事務所から連れ出された。うまく考えることもできないまま、和は初めて訪れたマンションの部屋で寝かしつけられてしまったのだ。

次に目が覚めた時は、すでに窓の外は夜になっていた。

初めて見るソファベッドの上から見回した室内は見知らぬ和室で、枕元のランプだけが灯されていた。柔らかい光に照らされた室内の窓辺にはどことなく不似合いなデスクとチェアがあり、その上に見覚えのある和自身のノートパソコンや読みかけの本が置いてある。どうしてと思い、ここはどこだろうと考えて、ふっと脳裏に八嶋の声がよみがえった。

(和くんは僕が預かるから)

「ああ。……そっか」

気持ちと同じくらい、空っぽの声が出た。

ソファベッドの上でのろのろと身を起こし、端に寄って脚を下ろす。腰を上げようとして違和感を覚えた直後、右膝に走った痛みに再び座り込む羽目になった。手のひらを膝に当て、馴染んだサポーターの感触を確かめて、和はそうだったと思い出す。

昨日は階段を上がり降りしたり強引に走ったりと、ふだんよりも脚を酷使したのだ。そのくせ、マッサージをすることも思いつかなかった。

ため息混じりに何度か膝の曲げ伸ばしをし、簡単なマッサージをしてから慎重に立ち上がる。引き戸を開けて廊下に出ると、玄関とは逆方向にあるドアの向こうで人の気配がした。

音を立てないようそっと開いたドアの向こうには、八嶋がいた。事務所にいる時とは違うセーターにジーンズという軽装で、和を見るなり話の続きのように言う。

「腹減ったよね?　すぐ食事にするから、ソファに座ってて」

「いえ。おれ、もう帰りますから」

「どこに?」

短い問いに、返答を失った。

……和の部屋にあったものを持ち出すには、理史の許可が必要だ。つまり、理史は和が出ていくことに同意した。

理史の傍にいられないなら、もう和には帰る場所も行くあてもない。改めて思い知って、自分の中が空っぽになった気がした。

和が、自分から申し出たことだ。姉には隠れ場所が必要で、今、一番安心できるのは理史のところに違いない。緊急性が高いのは明らかに姉だから、和が出ていくのは当たり前だ。

——そう思っているのに、どうしようもなく胸が痛かった。

「ビジネスホテルにでも行きます。住むところは、明日不動産屋を当たって——」

「それが、当分はここにいてもらわないと困るんだよね」

「どういうことですか、それ」

理史とは違って、八嶋には和の面倒を見る義理も理由もないはずだ。怪訝に思って目を向けると、八嶋はキッチンの冷蔵庫から出した皿を電子レンジに押し込むところだった。和を振り返ることもなく言う。

「理史が言ったことは覚えてるよね? 専門家曰く離婚は難航しそうなんで、美花ちゃんの安全確保が必要。で、その美花ちゃんからの要請。和くんをひとりにしないでくれって」

「――はい？　何ですか、それ」

「和くん、美花ちゃんの旦那と因縁があるんでしょう。その旦那が離婚回避のために和くんに近づく可能性があるから要注意ってわけ」

姉の夫にならすでに会っていて、昨日の段階では姉と理史の仲を疑っていた――などと言った日には、間違いなく理史に筒抜けだ。それをきっかけに、三年前のあの件を蒸し返されたくはない。それで、和は言葉を飲み込むことにした。

「……姉さんを保護っていうのはわかりますけど、おれにまで大袈裟《おおげさ》過ぎませんか」

「あいにくだけど、この場合問題になるのは旦那の思惑《おもわく》と出方だから、諦めて。心配しなくても大丈夫だよ、ちゃんと大学や事務所までは僕が送り迎えする。バイトも、和くんに継続で休まれると困るしね。……いいから座ったら？」

言いざま、ようやく八嶋が振り返った。その手元のトレイに二人分の食事があるのを知って受け取ろうとすると、苦笑まじりに断られた。

「僕が持っていくよ。脚、調子よくないだろ？」

「このくらいなら平気ですよ」

「小一時間ほど前に理史がコレ作って持ってきたんだけど、その時に言われたよ。疲れて痛い時の歩き方してるから冷やさないよう気をつけてやって、無理しないよう言っておいてくれって。その状態で頑張ると明日明後日《あすあさって》まで響くから自重するように、だそうです」

「……理史くんが？」

トレイの上にあったのは二人分の雑炊で、和には馴染みのものだ。体調がよくない時や食欲がない時に、よく作ってくれる。

どこまで甘やかすのかと、泣きたくなった。

テーブルについて食べた雑炊は、もう馴染んだ理史の味がした。

少しでも気を抜いたら何かが崩れてしまいそうで、和は急いで食べ終えた。食後のお茶を飲んでいると、八嶋がテーブルに頬杖をついて和を覗き込んでくる。

「本気で理史のところを出て行くつもりなら、協力するよ？」

「……え」

「バイトは現状維持として、問題は住む場所だよね？　美花ちゃんの件が片づいてからだけど、約束する。だから、今はおとなしくしてて。ね？」

予想外の言葉に目を瞠った和を見つめて、八嶋はきれいに笑ってみせた。

6

しつこい電話は、とても迷惑だ。

「あいにくおれも姉さんとは会ってないし。居場所も知らないんで、会わせろって言われても困るんですけど」

もう何度目とも知れない反論を繰り返しながら、和《なぎ》は心底辟易《へきえき》した。その耳に、前回の電話で聞いたのと同じ台詞《せりふ》が返ってくる。

『だったら会えばいいだろう。マサチカくんに頼めばすぐじゃないのか』

「……おれが理史《まさちか》さんのところを出たの、あんた知ってたじゃないですか。それ以来会ってないし、電話やメールのやりとりもありませんから」

『へえ？　とうとう決定的にフラレたのか。まさか、マサチカくんは本気で美花《みか》と一緒になるつもりじゃないだろうな』

当初は嘲《あざけ》りが混じっていた声が、続く言葉で怒り混じりになる。それを聞きながら、和はうんざりと息を吐いた。

「とにかく、おれはあんたに協力できません。そもそもあんた、正気ですか？　人に命令する前に、三年前のことを思い出したらどうです？」

よく晴れた昼間とはいえ、十二月半ばの戸外は寒い。講義に備えて移動済みだった教室を出る時に携帯電話だけ摑《つか》んできた和の格好はチノパンにハイネックのカットソーのみで、吹き付けてくる風にそこかしこから冷えていく。

「あんたに横恋慕して強引に迫ったってことになってるおれが、あんたと姉さんが離婚せずにすむよう間を取り持つってどう考えてもあり得ないでしょう。やったところで誰も信用しませんよ」

『おまえが反省して、改心したとでも言えばいい。美花は和には甘いからな』

「いくら姉さんでもそこまで脳天気じゃないはずだし、第一、理史くんが納得しませんよ。おれは理史くんからあの時の真相を言えって追及されてて、それをどうにかごまかしてるところなんです。その状況で離婚に反対したりしたら、余計に怪しまれると思いますけど？」

過去に滝川《たきがわ》がでっち上げた経緯からすれば、和は姉たちの離婚を喜ぶか、あるいは無関心であるべきなのだ。さらに、真相を姉や理史に知られたとしたら、離婚話が一気に加速するのは目に見えていた。

「おれを使うのは諦《あきら》めた方がいいですよ。……もう次の講義なんで、これで」

『待てよ。だったらせめて、そっちの状況がどうなってるのかを会って教えろ。いつなら時間が取れるんだ？』

「おれは今、半分軟禁状態なんです。それもあんたに会わせないためなんで、無理です」

とたんに無音になった向こうから伝わってきた苛立《いらだ》ちを無視して、和は一方的に通話を切った。携帯電話の音声がマナーモードになっているのを確かめて、急いで教室に駆け戻る。ぎりぎりで、中野《なかの》の隣に確保しておいた席についた。

壇上に立った講師の声を聞きながら、手早くノートを取っていく。そのくせ、頭の中ではここ十日間のことを思い出していた。

結局、和はあのまま八嶋《やしま》の自宅で居候中だ。今朝にも「そろそろホテルに移ろうと思う」と言ってみたけれど、まったく相手にされなかった。

（で？　美花ちゃんが今以上に困ったことになってもいいのかな？）

切り札のようにそう言われたら、和には黙るしかなくなる。そして、そんな和を見るたびに八嶋は同じ言葉を口にするのだ。

（そろそろ美花ちゃんと会う気になったかな？）

「会いません」と返事をしながら、本当は「会えません」の方だと今日も思った。

姉の美花が今どこにいるかは、和も知らない。理史のマンションにはいないようだと、これは滝川から聞かされた。何でも、張ってみても出入りするのは理史のみで姉らしい影はまったくないという。

ストーカーのごとく動向を探っているくせ、滝川は理史はもちろん八嶋にも直接コンタクトを取っていないようだ。それは、つい一昨日に八嶋から聞かされていた。

（和くん。滝川があのへんうろついてるらしいから、本店と理史のマンションには近づかないようにね。その割に理史には声かけてこないみたいだから、もしかしたら和くんを探してるのかもだし）

（行きませんけど、大丈夫なんですか？　姉さん、理史くんのとこにいるんですよね？）

（まさか。そんなこと、できるわけないでしょう）

和の言葉に、八嶋は呆《あき》れ顔で言ったのだ。

(理史と美花ちゃんって、年齢的にちょうど釣り合うんだよ。で、理史が独身で美花ちゃんが離婚調停中だろ。いくら親戚ったって、ほとんど他人に近い又従兄妹《またいとこ》同士で一緒に住むわけにはいかないよ)

え、と思わず瞬《またた》いた和に、八嶋は苦笑混じりに言ったのだ。

(そんな真似したら、滝川が喜んでつけ込んでくるだろう？　理史はどうでもいいにしても、美花ちゃんの名誉は守ってあげないとね)

言われてみれば、その通りだ。もし恋人同士だとしても、この状況で一緒に住むのはまずいに決まっている。今さら気がついて、和は八嶋を見上げた。

(……じゃあ、姉さんは今、どこに)

(さあ。気になるなら会ってみる？)

再びあの台詞を口にした八嶋に、和はやはり首を振った——。

「なあ、浅川《あさかわ》。さっきの電話って、何」

講義が終わるなり、席を立つ間もなく中野が訊《き》いてくる。

「高校の時の友達。近いうち会おうって誘われてるんだ」

「ふーん」と言ったきり追及しない中野は、十日前に八嶋が口にした「和をひとりにしない」という台詞の包囲網の一端を引き受けている。要するに、先ほどのような電話の時や手洗いの時には離れるものの、それ以外ではほぼ常時和の傍《そば》にいるのだ。

中野にそれを頼んできたのは理史で、当初はバイトとしてと言われたらしい。どうせ一緒にいることが多いからと友人は金銭の授受を断って、代わりに解決後に本店でのディナーを奢《おご》ってもらうことで話が決まったという。

おかげで、和と滝川の接点は先ほどのような電話とメールのみだ。会って云々《うんぬん》とたびたび言う割に、周辺で滝川の姿を見ることも気配を感じることもない。

滝川も、現状での和の利用価値が低いのはわかっているのだ。電話やメールは情報収集と八つ当たりが目的で、和本人には何の興味もない。

知っていても、隠し事が多い和はそれを理史や八嶋に説明できない。結果、この友人まで変に巻き込んでしまっているわけだ。

「中野、バイトだろ。先に行っていいよ」

「いや、いい。遅れるとは聞いてないし、すぐだろ」

以前はほどほどに大学から離れていた待ち合わせ場所も、今は校門の真ん前だ。駅に遠く比較的使う人が少ない北門に変えたのが、せめてもというところだった。

辿《たど》りついた門の前で背の高い友人を見上げて、和はぼそりと言う。

「どう考えても過保護だと思うんだけど。朝から晩までずっと見張りつきってさ」

「見張ってんのはおまえじゃなくて、おまえに近づくヤツの方。まあ、早いとこ解決すりゃいいとは思うけどな」

コートの前を合わせながら愚痴《ぐち》っていると、じきに八嶋のシルバーの車が見えてきた。

やっぱり今日も八嶋なのかと、ほっとすると同時に胸のどこかで落胆した。

この十日間、理史の顔を一度も見ていない。電話やメールもないし、和からもしていない。

物足りない、気持ちはある。会いたいし、声も聞きたい。携帯電話に理史のデータを表示して、ただ眺めて過ごす時間も増えた。

……けれど、慣れなければいけないのだ。もう、離れると決めたのだから。理史にしても、あそこまで生意気なことを言った和には呆れているに決まっている。

中野と挨拶《あいさつ》をして、和は助手席に乗り込んだ。シートベルトを引っ張りながらお礼を言おうと運転席に目をやって、

「――――」

思いがけないことに、絶句した。

数十センチ先でハンドルを握っているのは、理史だったのだ。首だけを回した格好で、じっと和を見つめている。

ぶわりと胸が膨らんだのと、背中が緊張したのがほぼ同時だった。会えたら嬉《うれ》しいだろうけれど、会ってしまったらきっと怖くなる。その通りの感情に襲われて、和はシートベルトを握ったまま固まってしまった。

沈黙の中、運転席から伸びてきた手が和からシートベルトを取り上げる。音を立てて金具を止めてから、おもむろに言った。

「今日は事務所に出なくていいそうだ。まっすぐ八嶋のマンションに送るが、構わないな？」

「え、……でも事務所は休みじゃないよね？」

「午後からはほとんど出ずっぱりで、帰りも直帰になるらしい。夕飯は外に行くから準備は無用、少し身体《からだ》を休めているように……という伝言だったな」

ゆっくりと車を出しながら、理史が言う。その声音《こわね》がいつもと変わりないのを知って、ひどくほっとした。そのせいもあって、伝言の前半に顔を顰《しか》めてしまう。

「夕飯の件はいいけど、おれ、ひとりで事務所にいても平気だよ？　掃除とか書類の整理とか電話番とか、やることはいくらでもある……っていうか、そもそも留守番と電話番がおれの仕事なんだし」

「駄目だ。八嶋から事情は聞いてるだろ」

何かが翻《ひるがえ》ったように厳しい口調で言われて、和は思わず運転席の理史を見上げる。過保護だと思ったけれど、口には出さなかった。代わりに、和は小さく頷《うなず》く。

それきりまた沈黙になるかと思ったのに、理史の方が口を開いた。

「……三村《みむら》の伯母さんが、事務所を訪ねて行ったそうだな」

「あ、うん。何かのついでに寄ったみたいだった」

「嘘《うそ》つけ。――伯母さんから聞いたぞ。その時、いろいろ言われたんだろうが。それであの時、うちを出ていくだの言い出したんじゃねえのか」

咄嗟《とっさ》に返事ができない和を横目に眺めて、理史は長い息を吐く。

「悪かったな。悪意はないんだろうが、どうもあの人はしつこくて困る」

「別に、責められたわけじゃないよ。あの人は、理史くんを心配してるだけだし」

「それはいい。そうじゃなくておまえ、どうしてそれを俺に言わなかったんだ?」

耳に入った声の、それまでとは違う響きが気になって、和は運転席に座る人を見つめる。

「三村のおばさんがどうこうってわけじゃないから、かな。きっかけになっただけで」

「きっかけ?」

「理史くんに甘えすぎだとは、前から思ってたんだ。再婚もだけど、おれがいると恋人も作れないじゃん。だから、おばさんが言うことは全部がもっともっていうか、心当たりがあったし」

いったん言葉を切って、和はこの十日間で整理した内容を口にする。

「理史くんとこに行くことになったのって、おれが我儘《わがまま》言ったせいじゃん? あの時は他にどうしようもなかったし、すごく理史くんに感謝もしてるけど、あれからもう三年になるんだよね」

「ああ……そういやそうだったな」

「こないだも言ったけど、おれはもう成人したしそれなりにバイトもできる。なのに、未成年の高校生の時の続きでずるずる好意に甘えてた。そういうのは違うと思ったんだ。脚のことも、そりゃ楽とは言えないけどそこそこ慣れたし、結局はおれが自分で折り合いつけなきゃいけないことだし」

「――――」

「そこで理史くんにいい話があるって聞いて、そろそろ頃合いかなと思った。おれがいると会う会わない以前の話になるし、それって結局邪魔してるだけじゃん？　だから、ひとりでやっていくことを考えようかなって」

話しながら、もう整理したはずなのに気持ちが痛かった。

けれど、これが又従兄弟《またいとこ》の――和の本来のポジションだ。この先、せめて時々会えるように、会った時にちゃんと笑えるように、慣れておかなければならない痛みだった。

「そんで、会ってみたんだ？　やっぱ美人だった？　それとも可愛《かわい》い系かなー。理史くんだったらどっちでも似合いそうだけど。……あ、そっか。結局んとこは好みの問題だっけ」

言われる前に言ってしまえとばかりに、弟分らしく少しばかりはしゃいでみる。すると、即答であっさり言い切られた。

「知らん。会う以前に写真も見ずに断ったからな」

「……へ？」

運転席の横顔にきょとんと目を向けていると、理史は横顔のまま早口になる。

「再婚は考えてないから、見合いを受ける理由はもちろん写真を見る必要もない。親父も好きにしろと言ってるしな」

「え、でもさ」

「三村の伯母さんには、今後その手の話を持ってこないようきつく言わせてもらった。和に余計なことを言わないように伝えたのと、うちの親父《おやじ》からも苦情を持って行った。今後はまずその手の話は持って来ないだろ」

いったん言葉を切って、理史はちらりと和を見る。

「そういうわけなんで、無用の配慮はするな。……悪かったな。まさか、和にそこまでとばっちりが行くとは思ってなかった」

「……でも、三村さんはおれのことも考えてくれてたよ?」

運転席の理史が怪訝《けげん》そうにするのを知っていて、和は続ける。

「出てけとか邪魔とか、そういう言い方はされてないし、住む場所に困るんだったら自分ちに下宿するか、親類のアパートを安く借りられるようにしようかって言ってくれたんだ。金銭的に厳しいって話したら、バイトも紹介するって」

「言われたところでおまえ、それに乗る気はないだろうが」

「ないけど、でもあの人はあの人で理史くんのことに一生懸命で」

「だとしても、こっちの意向を無視して勝手に話を進められても困るな。正直、迷惑だ」

言い切った声音がらしくない容赦のなさを含んでいる気がして、和は目を凝らす。

「再婚する気がありゃ自分で動くさ。それこそ自分で伯母さんに頼みに行くところからな」

苦笑する横顔を見ながら、「確かにそうかも」とすとんと思った。

自分のしたいことに、真正面からぶつかっていくのが理史だ。調理学校に進路を定めた時も住み込みの仕事を決めてきた時も海外に修業に行った時も、誰に何を言われようがまっすぐに、迷いなく突き進んでいった。

そういう理史だから、憧れたのだ。遠くに行ってしまうと知って泣きたくなって、それでも見送ろうと覚悟を決めるしかなくなった……。

和の居候先になる八嶋の住まいは、二十四階建ての賃貸マンションだ。築年数が二桁《けた》になるというが、手入れがきちんとしているせいかまだ新しく見える。

駐車場に乗り入れた車から降りると、理史はわざわざエントランスホールまでついてきた。ちなみにここはセキュリティはなく、各部屋の玄関前までは誰でも入れる作りだ。

「もうここでいいよ。理史くん、休憩なくなるから本店に帰らないと」

「却下。部屋の前までだ。――ほら、乗れ」

やってきたエレベーターの中に押し込まれ、あとから理史も乗ってくる。独特の浮遊感を覚えながら、和はじっと理史を見上げていた。

エレベーターを降りたら、八嶋の部屋まではすぐだ。玄関前に立って合い鍵を取り出しながら、和は何か言わなければと焦る。

久しぶりに、会えたのだ。そして、次はいつ会えるかわからない。思えば思うだけ気持ちが空回りして、結局は何も言えずに玄関の鍵を開けることになった。

「あの……ありがと。仕事、頑張って。無理しないように」

「うん」と頷いた理史が、ふと黙る。ドアノブに手をかけたまま見上げていた和に、軽く屈《かが》み込むようにして顔を寄せてきた。

以前は当たり前だった距離がひどく近く思えて、どきりとした。それに気づいたのかどうか、理史は表情を改める。少し落とした声で言った。

「……和。おまえ、そろそろうちに帰って来る気はないか?」

絶句してただ見上げる和に、理史はがりがりと頭を掻《か》くようにして続ける。

「大学やバイトの送り迎えなら、ウチにいても今のまま続けてやる。滝川のことがあるからどうしても不自由はあると思うが、それはここにいても変わらねえしな」

「だって……でも、おれ」

「仕事終わってウチに帰って、誰もいないってのは結構応《こた》えんだよ。夜は長いしやたら静かだし、夕飯も作る気にも食う気にもならねえし」

弱り切った顔で頼むように言われて、思いがけなさに目を瞠《みは》っていた。そんな和に、理史は重ねて言う。

「学生の間くらい、大人に甘えてもバチは当たらないんじゃねえのか？　それに、居候ってておまえはウチの中のことはできるだけやってくれてるだろうが。俺がまともに生活できてるの、七割以上おまえのおかげなんだぞ？　それ、わかってねえだろ」

「——……」

何度も瞬いて、和はやっとのことで口を開く。

「駄目じゃん、理史くん。ちゃんと食べなきゃ身体が保《も》たないって、いつも言ってたくせに」

「おま、……食いつくのそこかよ」

はあ、とため息をついて、理史は覆い被《かぶ》さるように和の背後のドアに肘《ひじ》をつく。

触れているのは互いのコートの裾《すそ》だけなのに、囲い込まれているような気分になった。いきなり走り出した心臓を必死で宥《なだ》めながら、和は泣き出したい気持ちになる。

すぐにでも、頷きたかった。これから一緒に帰ると答えてもう一度ドアに施錠をして、そのまま理史のマンションに戻れたらどんなにいいだろうと、思った。

たぶん、そうしたとしても誰も和を責めたりはしない。言いたくないことを強情に抱えたままで懐《ふところ》に戻ったとしても、理史は無理に聞き出そうとはしないだろう。八嶋には呆れ顔でちくりと言われるかもしれないけれど、きっとそのあとは元通りになれる。理史の傍《そば》で、理史の声や体温を感じていられる。

他の誰よりも理史に近くて、同じだけ理史には遠い、――弟分の又従兄弟という位置で。

「姉さんのことが解決したら、どっかアパート借りようと思ってるんだ。八嶋さんも、当てがあるようなこと言ってくれたし」

ゆっくりと、和は顔を上げる。今の自分にできる精一杯で、理史に笑ってみせた。

発した声は、自分でも驚くほど静かで落ち着いていた。

十一日前までの和だったら、それで十分だと思えたはずだ。幼い頃から追いかけてきた大好きな又従兄弟の、傍にいるだけで十分だった。

けれど、それは和の中に浅ましい気持ちがあったから――いつかはわからないけれど、ほとんど諦めていたけれど、それでもどうしても諦められない気持ちがあったからだ。あるいは、もしかしたら自分の気持ちが届く時がくるかもしれないと、願っていられたからだった。

その願いはもう、絶対に叶《かな》わない。それを、今の和はよく知っていた。

帰ってこいというその言葉が、「弟分に」だからこそのものだということも。

弟分でいることは今の和には苦しすぎて、何かの拍子に本心がこぼれてしまう可能性が高い、ことも。

ぎりぎりと痛む胸を宥めて、和は理史を見上げる。意識して、とびきりの笑顔を作った。

「理史くんには、すごく感謝してる。理史くんがいなかったらおれ、たぶんとっくにやばくなってたと思う。けど、もう十分だから」

「……和」

「だから、もうおれの保護者はやめていい。けど、時々は会ってほしいし、一緒に遊びたいんだ。おれ、理史くんのことすごく好きだし。大事な兄貴分だと思ってる、から」

「――――」

じっと和を見下ろしていた理史が、ふと表情を移す。複雑すぎて読みとれないその中で、どうにか見てとれたのは落胆だった。

それなら、理史も少しは寂しいと思ってくれるのだと思って、それがひどく嬉しかった。目を合わせていられず俯《うつむ》いた頭に、ぽんとよく知った重みが落ちる。何度かそれを繰り返したあとで、横顔を撫《な》でるように動いたかと思うとごく軽く頬《ほお》を抓《つね》った。気がつけば理史は和の背後のドアに凭《もた》れるようにしていて、見上げても表情がわからなくなっている。

「今に限ったことじゃねえんだが、何かあったらすぐ言えよ」

「……うん？」

「困ったこととか、迷ってることとか。ひとりで考えすぎずに、メールでも電話でもしてこい。遊びの方も、遠慮なく声かけろ」

「うん……」

喉《のど》の奥で和が言うと、理史がゆっくりと身を起こす。目が合った時にはもういつもの顔になっていて、ぎこちなく笑った和に答えるように人を食った笑みを浮かべた。

「今日も含めて当分はひとりで出歩くなよ。──あと、とにかくちゃんと話してみろ」

「……？　うん？」

そっと背中を押した手に促されて、和は玄関ドアを開く。二歩で中に入って振り返った和の頭をもう一度くしゃりと撫でて、理史は言う。

「あと、これだけは断っておく。おまえが俺にとって迷惑だったり邪魔だったりしたことは、これまで一度もないからな。それは信じろ」

「──……」

「ドア閉めたらすぐ施錠しろよ。あとチェーンロックもな」

仕上げのようにぽんと和の頭を叩くと、理史は外からドアを閉じてしまった。

追いかけそうになって、辛うじて思いとどまる。今は駄目だと、ドアノブに触れた指を引っ込めて握りしめた。

追いかけたらきっと、やっぱり帰ると言いたくなる。兄貴分なんて嘘だと、弟分は厭《いや》だと理不尽に喚《わめ》いて、理史を困らせてしまうかもしれない……。

指先を握ったまま、どのくらい玄関先にいただろうか。小さく息を吐き、施錠とU字ロックをかけて靴を脱いだ時には、脚が冷えて固まってしまっていた。

八嶋の住まいは部屋数があって広く、廊下の先には南向きのリビングがある。

ひとまず部屋を暖めようと、コートを着て鞄《かばん》を持ったままでリビングに向かった。突き当たりのドアを開け、とたんに周囲を包んだ暖かさに「あれ」と思う。

冬とはいえ、よく晴れた日だ。南向きの大きな窓があるせいか玄関がある北側よりはいくぶん暖かいが、ここまではあり得ない。

暖房を消し忘れたのかと首を傾《かし》げながら、さらに奥へと進む。リビングのソファに人影を見つけてぎょっとした。

足を止めて見つめた先にいた小柄な人影が、今にも泣き出しそうな笑顔になる。少しも変わらない懐かしい声で、言った。

「おかえりなさい、和」

和がずっと会わないと言い続けた、姉の美花がそこにいた。


まともに顔を合わせるのは、二年振りだ。

キッチンに立ってお茶の支度をしながら、和は先ほどカウンターの向こうのソファにいる姉――美花の姿を盗み見た。

七歳年上になる美花は小柄で童顔ということもあって、姉弟にもかかわらず和とあまり似ていない。姉は母親とよく似ているけれど、和は両親が結婚する前に亡くなった母方の祖母にそっくりなのだそうだ。

和の知る姉は、いつも笑っているような人だった。童顔のせいで年下に見られたり子ども扱いされることがよくあって、けれどそれをころころと笑ってすっ飛ばしてしまう。その明るさに、和も助けられることが多かった。

なのに、二年振りに会った姉は見るからに憔悴《しょうすい》していた。いつもの笑顔なのに、頬が削《そ》げて目ばかりが大きくなって、全体に疲れが見えている。

……それだけ苦しい思いをしてきたのだ。誰にも言えずに二年もの間、ずっと。

ぐっと奥歯を噛《か》んで、マグカップをトレイに載せた。その時になってやっと気づく。

(とにかくちゃんと話してみろ)

今のこの状況は、理史と八嶋が結託しての実力行使なのだ。もしかしたら、そのために和のバイトも休みにしたのかもしれない。

腹は、立たなかった。その代わり、胸の底に落ちたのは罪悪感だ。重くて粘っこくて、なかなか消えてはくれない。

「……怪我《けが》、したって聞いたけど。具合、どう？　見た感じ何もしてなさそうだけど……出歩いて大丈夫？」

カウンター越しにかけた声に顔を上げた美花は、和と目が合うなり首を傾けて笑った。

「肋骨《ろっこつ》は折れてても固定できないんですって。だから、そのまんまなのよ。念のため、無理はしないようにしてるから大丈夫」

「そ、か。腹減ってない？　何か作ろうか？」

「ありがとう。でも平気。今食べたらお夕飯、入らなくなっちゃうし」

その返事で、もうキッチンから出ていくしかなくなった。落ち着かない気持ちを抱えたまま、和はトレイを手にリビングのソファへと向かう。

「和は、……脚の具合はどう？　歩き方、ちょっと違ってる気がするけど」

「違ってるっていうか、変えたんだ。その方が身体への負担が少ないからって、医師に勧められた」

ソファの前のローテーブルにトレイを置いて、どこに座ろうかと悩んでいると、姉が自分の隣をぽんぽんと叩《たた》いた。戸惑ったものの、和はおとなしくそこに腰を下ろす。

「今は、別にこれといって困ってないよ。階段とか段差は手摺《てす》りか杖《つえ》があれば何とかなるし、もう慣れたから」

「そう？」

じっと和を見ていた姉が、手に取ったマグカップの中身を一口飲んでをトレイに戻す。軽く癖のある肩までの髪を揺らし、改まった面持《おもも》ちで言った。

「あのね。和に、お願いがあるの。和の右脚に、触らせてもらってもいい？」

「いい、けど。何で？」

困惑しながら問い返すと、姉は返事の代わりのように首を傾げてみせる。

それ以上問うことはせず、和は身体を姉の方に向ける。いつもの癖で座るなり使っていた膝掛《ひざか》けを剝《は》ぐと、姉の手が遠慮がちに伸びてきた。

覚えていた通りに小さくて、けれど記憶よりずいぶん薄く細い手だと思った。それがやけに慎重なしぐさで和の右膝に触れて、撫でていく。手のひらで膝を覆ったきり、動かなくなった。

俯き加減の姉の横顔を改めて見つめて、気がついた。サイドに下ろしたウェーブした髪で隠れる、こめかみあたりにかすかな痣《あざ》がある。黄色混じりの茶色で、そろそろ肌の色に溶け込みそうな――けれど今は歴然とそこにある、打撲痕《あと》。

（ずいぶん怯《おび》えて疲れているようだから）

十日前に理史が言った言葉を、いきなり目の前に突きつけられた気がした。不意に増した現実感に、心臓の奥が引きつるのがわかる。

ふと、姉が顔を上げる。今にも泣き出しそうな顔で、和を見た。

「ごめんね」

「え？」

「気がつかなくて、ごめんね。あんなに痛がってたのに、入院までするような怪我なんて、自分からできるはずがなかったのにね」

「――」

それは「今」ではなく、三年前の「あの事件」の時の話だ。

後ろめたさにぎくりとした和に気づいたのかどうか、姉は再び視線を自分の手元に落とした。声を落とし、考えるようにゆっくりと言う。

「和の、話。もっとちゃんと聞かなきゃいけなかったんだって、気がつくのが遅かったのよ。和がそんなことするはずないって理史兄さんに言われたし、わたしだってちゃんとわかってたはずだったのに。いつの間にか、全部和のせいにしちゃってた」

「……違うよ！　姉さんはちゃんとおれに訊いてくれたよ？　何があったのか話してくれって、何度も訊きに来てくれた。姉さんは謝らなくていいんだ。そうじゃなくて、おれが」

続けるはずの言葉が、今になっても半端に途切れて消える。脳裏に浮かぶのは三年前の春、念のためにと入院している時に――退院し理史のところに移ってからも和に会いにやってきた姉の、思い詰めたような表情ばかりだ。

（何があったのか、ちゃんと言って？）

（お願いだから。黙らないで、本当のことを教えて）

（和の言い分が聞きたいの。だから）

他の誰でもなく、和自身が一番よく知っている。目の前の姉は、あの時、滝川の言葉を鵜《う》呑《の》みにするのでなく、和の言い分を必死で聞こうとしてくれた。

答えなかったのは、和だ。滝川の態度の豹変《ひょうへん》が信じられなかったとか、姉が本当のことを知ったらショックを受けるだろうとか。そんな言い訳を並べながら、結局は理史への気持ちを守りたいだけで最後まで嘘を押し通した。

（義兄《にい》さんが言った通り、だから）

その結果が、今だ。こんなにも姉に後悔させて、なのにそうなっても本当のことが言えない。自分勝手だと知っていて、言いたくない。

結局は、自分のことばかりなのだ。自分を守ることだけに必死で、あの滝川と「夫婦」として暮らす姉の気持ちも状況も、きちんと考えていなかった。

考えられないほど、子どもだったのだ。

「……二年前からあいつに殴られてたって、本当？」

やっとのことで発した声は、自分の耳にも掠《かす》れて聞こえた。顔を上げるなりこちらを見ていた姉と目が合う。

美花は、静かに頷いた。

「最初は、わたしがいけないんだと思ったの。すごく優しい人だったから——優しくて穏やかな人を、不必要に苛立たせてるんだって。前のままの、優しい人に戻る時もあったから、余計に」

そう思ってずっと耐えてきて、けれどその糸がこちらに引っ越してきたことでふつりと切れた。きっかけは、引っ越しの三日後にあった両親の月命日だった。

「誘える雰囲気じゃなかったから、早起きをしてひとりでお墓参りに行ったの。それでうちに帰ったら、すごく怒っていて、また」

繰り返しやってくる痛みを堪《こら》えながら、姉が思い出したのは亡くなった両親と和のことで、そうしたらもう耐えられなくなったのだそうだ。

「最初に思ったのは和だったけど、和にだけは言っちゃ駄目だと思ったの。だけど他に相談できる人がいなくて、理史兄さんに連絡したのよ。そうしたら、その日すぐに時間を作って会ってくれて」

ふと言葉を切って、美花はじっと和を見る。ふいに柔らかく笑った。

「理史兄さんね、わたしを見るなりどういうことなんだってすごく怒ったのよ。どうして美花がこんなになってるんだって。こんなの、和が許すはずがないって」

「……おれ?」

思いがけない言葉に目を見開いた和に、姉は頷いて言う。

「そう。美花がこんな目に遭ってるのを知ったら、和は絶対に許さないし悲しむに決まってるって。だから、和を悲しませないためにこれからのことを考えろって言われたの。わたし、そういうことがうまく考えられなくなってたから」

そこから少しずつ、姉は周囲の状況を把握していった。理史から紹介された弁護士の助言通り証拠を集めながら、自分が異常な状態にあることを理解していったという。

「――ずっと黙っててごめんね。なかなか会いに来なかったのも」

ぽつんと耳に入った言葉が、やけに重く聞こえた。

「理史兄さん、和にはずっとわたしのことを話さなかったでしょう？　それはわたしがお願いしたの。和に会うのは、ちゃんとしてからにしたかったから」

「ちゃんと……？」

「三年前のあの時、和には何か事情があったのよね。だから、誰にも言わずにひとりで我慢したでしょう？　そう思ったら、わたしだけ助けてとは言えなかった。結局は、理史兄さんや八嶋さんの手を借りなきゃどうにもならなかったんだけど」

「――――」

あの時の滝川の言い分を、嘘だと確信しているのだ。和は黙ったままなのに、あの事件は和のせいではなかったと言ってくれている。その事実は、十日前に理史に言われた時と同じくらい和には重かった。

「ごめん。……おれ」

「責めてるんじゃないのよ。でも、これだけは答えてくれる？　あの時に芳彦《よしひこ》さんが言ったことって、全部嘘だったのよね」

黙ったままで、それでも小さく頷《うなず》いた。そうしたら、横から伸びてきた腕にぎゅっと抱きしめられた。

自分よりも小柄な姉にくるまれているような気がして、それがひどく懐かしかった。

ソファの上で投げ出していた手で、姉の肩をそっと抱き返す。胸に浮かんだ罪悪感は重く、色の濃いものとなっていて、それをひどく持て余した。美花の顔をまともに見ることもできずに、和はどうにか口を開く。

「ごめん。理史くんから話は聞いたし、何度も会うように言われたけど……おれも、姉さんに会えなかった。何か怖くて」

「うん。それもごめんね。和の準備がまだかもしれないって思ったけど、わたしはどうしても和に会いたくなったの。だから、八嶋さんと理史兄さんにお願いしてここに連れてきてもらったのよ」

言いながら、美花が和の顔を覗《のぞ》き込む。目が合って、どちらからともなく泣き笑いをして、そのあとはひどく安心した。

「……墓参りって、十月？　トルコキキョウだけ持って行った？」

「そうだけど。何で知ってるの」

「そのあと、おれと理史くんも行ったんだよ。それで、もしかして姉さんじゃないかって思ったんだ。理史くんから聞いてない？」

和の問いに姉が首を傾げた時、インターホンが鳴った。ほぼ同時に、脱いでソファの上に投げていたコートの中で携帯電話が鳴る。

びくんと肩を跳ね上げる様子に、姉の怯えが見て取れた。それへ、和は短く言う。

「インターホンは居留守でいいよ。八嶋さんからもそう言われてるから」

「……そうなの？」

「うん。おれ、ただの居候だし」

苦笑しながら、コートのポケットから携帯電話を引き出した。開いてみて、和は短く呼吸を止める。――登録外の十一桁のナンバーは、滝川のものだ。

「和？　電話……」

ひょいと手元を覗き込んだ姉が、画面を見るなり竦《すく》んだように黙る。引きつったような吐息で「どうして」とつぶやくのが聞き取れた。

インターホンが途切れた室内で、ふっつりと電子音が止《や》む。和が電話に出なかった時は、必ず追いかけるようにメールが届く。身構えて待つこと数分で、メールの着信音が鳴った。

――部屋の前にいる。

たった七文字の文章を認識した、そのタイミングを見ていたようにインターホンが鳴った。

「和、これ」

姉が小声で言った時、またしても携帯電話が鳴った。

ほんの数分前にかかってきたものと同じ、十一桁のナンバーが画面に表示されていた。

「いいからここで話して。わたしは和と一緒なら平気だから」

鳴り続ける電子音をＢＧＭに別室に行こうと腰を上げかけると、蒼白《そうはく》な顔の姉に腕を取られて懇願された。

姉に絶対喋《しゃべ》らないよう念を押し、さらにハンカチで口を覆っておくように言う。その準備が終わるのを待って、しつこく鳴り続ける携帯電話の通話ボタンを押した。

『和？　早くこのドアを開けろよ。中にいるのはわかってるんだ』

いきなり耳に入った声と前後して、玄関先のドアを殴る音がする。とたんに、和の腕を摑《つか》む姉の指に力がこもった。返事の代わりにその腕を叩きながら、和はゆっくりと言う。

「……何であんたがそこにいるんです？　おれ、あんたにどこに住んでるかを教えた覚えはないんですけど」

『そんなもの、見てればわかるよ。――今そこにいるの、和だけだろう？　ゆっくり話すのにちょうどいいと思ってね』

要するに、和が帰宅するのを見ていたわけだ。大学からつけてきたのか、あるいは先に場所を特定し近くで待ちかまえていたのか。

いずれにしても、大きな幸運がある。美花がここにいることを、滝川は知らないのだ。

『ここ、開けろよ。中に入れろ』

声が漏れ聞こえたのだろう、隣で息を呑む気配がする。あいていた左手をぎゅっと握り込まれて、和は姉に顔を向けた。目顔で大丈夫だと伝えて、携帯電話を持ち直す。

「お断りします。ここは知り合いの家であって、おれのうちじゃないんで。勝手に人を入れるわけにはいきません」

『何？』

「場所を変えませんか。その方があんたにも都合がいいと思いますよ？　ここだと、いつ住人が帰ってくるかわからないですから」

「……っ」

辛うじて声を飲み込んだらしい姉に、今度こそ力一杯に腕を引かれた。ひどく焦って動揺が混じった表情で見つめられて、和は唇の前で人差し指を立てる。

ややあって聞こえてきた滝川の声は、やけに訝《いぶか》しげだった。

『ずいぶん協力的だね。どういった風の吹き回しかな』

「いい加減、面倒になったんです。今日これからつきあいますから、もうこれきりにしてください。――姉とあんたが別れようがどうしようが、おれには関係ないんで」

言い捨てると、通話の向こうで滝川が怯《ひる》んだ気配がした。そこに、畳みかけるようにこちらから確認を取る。

「すぐ支度をしますけど、今日は脚の調子が悪いから少し時間がかかります。玄関前にいられたんじゃ面倒なんで、下で待っててもらえませんか。あと、あんた今日も車ですよね？」

短い肯定を聞いて、内心で安堵《あんど》した。それでも声のトーンを変えることなく、和は続ける。

「じゃあ車、そのまま出してください。この近くで会って誰かに見られたら困るんで、ここから少し離れたいんです」

了承の返事をもぎ取って、和は通話を切る。訝しいどころか悲愴《ひそう》な顔をした姉に、向き直った。

「和。どうしてあんなこと」

「姉さん、携帯電話持ってる？」

「あ、ええ。それはもちろん……？」

「だったらよく聞いて。これからおれは出かけるけど、その間は奥の部屋のクローゼットの中に隠れてて。ここを出て十分な距離が取れたら姉さんの携帯にコール入れるから、確認したらすぐ理史くんに――」

言い掛けて気づいた。理史は今、仕事中なのだ。

「理史くんは仕事中だから、八嶋さんに連絡して迎えを頼んで、すぐにここから離れて。で、もうここには来ない方がいい」

「……っ、でも和はどうするの！　駄目よ、芳彦さんと出かけたりなんか！　そうじゃなくて、これからすぐ理史兄さんに連絡して」

「おれは平気。……理史くんや八嶋さんには言ってないけど、おれ、あいつとは一度だけ会ってるんだ。っていうか、姉さんたちが引っ越してきたのはあいつから聞いた。姉さんが理史くんと会ってるのを知って、浮気とか不倫疑ったみたいでさ」

「え……っ？」

ぎょっとしたように目を見開いた姉に、和は苦笑した。

「会った時も、そのあとの電話やメールでも姉さんを返せとしか言ってこないから、直接おれに会って情報が取りたいだけだと思う。あと、おれを説得したいとかさ」

「説得……？」

「おれに、姉さんとの間を取り持ってほしいみたいだよ。電話のたびに言われてる」

驚いたふうに目を瞠った姉の肩をそっと押さえて、和は続ける。

「あり得ないとは何度も言ったし、そこは向こうもある程度わかってると思う。直接顔を合わせて、姉さんとは会ってないし今後も会わないと言えば話は終わるんじゃないかな」

「でも、和」

「今の状況で理史くんや八嶋さんが来たりしたら、かえって困ったことになる。——あいつをここから確実に離さないと姉さんは動けないし、下手《へた》をやったら姉さんの居場所もバレる。それだけは避けたいんだ」

いったん言葉を切って、和は姉に笑ってみせる。

「あいつは、おれのことなんか眼中にないから大丈夫。ここ十日、おれが捕まらないから変にムキになってるだけだと思う。用がすんだらすぐ放り出すだろ」

「和……だけど」

「姉さんは、まず自分が逃げることを考えて。安全なところに避難してから、姉さんのじゃなくて八嶋さんの携帯借りておれの携帯にコールしてくれる？　そしたら、それを口実に切り上げるから」

念押しするように言って、和は腰を上げる。コートのポケットから取り出した鍵を、姉に掲げてみせた。

「あと、この部屋の鍵。玄関を施錠したらドアポケットから中に落としていくから、姉さんから八嶋さんに返しといて」

おそらくないとは思うけれど、間違って滝川に奪られたりしたら目も当てられない。そんな気持ちで付け加えても、姉はまだ納得できない顔をしていた。

「……やっぱり駄目よ。和を行かせるくらいだったら、わたしが」

「それこそ駄目だよ。大丈夫、おれ、これでも一応男だし、いざとなったら杖で殴ってでも逃げるからさ」

「だけど」

「せっかく会いにきてもらったのに、それであいつに姉さんの居場所がバレたりしたら、おれは死ぬまで後悔する。だから、今はおれの言うこと聞いて。頼むから」

ね、と顔を覗き込んで頼むと、美花はぎゅっと唇を噛んだ。ややあって、伸ばした手で和の携帯電話に触れてくる。

「これ、借りていい？　この間、新しいのを買ったばかりだから、登録し直しておきたいの」

「助かる。じゃあおれ、支度してくるから」

頷いて、和は姉に携帯電話を預ける。できるだけ身軽に動くため、自室にあるウエストポーチを取りに席を立った。

7

タクシーを含めた他人が運転する車に乗った時、真っ先に意識するのは安心して乗っていられるかどうかだ。

考えてどうこうではなく、身体が勝手に判断するのだ。すぐさま力が抜ける時もあれば、全身が硬くなって落ち着かなくなる時もある。和にとって一番安心できるのは理史が運転する車だけれど、タクシーに乗っても同じように真っ先に身体が反応するから、基本的に運転手への好悪感情とは関係しない。

円満に同居していた頃から、和は滝川が運転する車に乗るのは苦手だった。三年経った今も、やはりそこは変わらないようだ。

「じゃあ、和はまだ一度も美花と会ってないのか」

言いざま、滝川はハンドルを左に切った。目に入った表示には、隣の市に繫《つな》がるバイパスへの乗り口とある。

「そういう気にはなれませんでしたから」

好都合だと内心で安堵しながら、助手席に座った和はコートの左側ポケットを探る。手探りで携帯電話のリダイヤルボタンを押し、十秒ほど待ってから通話を切った。

——八嶋のマンションから事務所までは、信号に引っかかりまくってもせいぜい車で十五分。事務所からもっとも遠い三号店から事務所経由で戻ったら四十分だ。せめて小一時間は、この車をマンション界隈《かいわい》に近づけない方がいい。それには、このままバイパスの終わりまで突っ走ってもらうのが一番だ。

高架から見る景色は、あまり見慣れないせいかやけに独特だ。進行方向にほぼ直線で延びた道路と、その左右のかなり下を平行して走るアスファルトの色が、騙《だま》し絵を連想させる。それを見るとはなしに眺めながら、またしても襲ってきた違和感の正体を考えて、複数の心当たりに辿りつく。

十分ほど前、八嶋のマンションの駐車場で合流した直後から、滝川は矢継ぎ早に姉のことを訊いてきた。電話とほぼ同じ問答を繰り返すことになったけれど、どことなく物言いがなおざりなのだ。そのくせ、運転席の横顔は機嫌よさそうに見える。

機嫌がよくなる要素など、どこにもないはずなのに。

今さらのように思って、その直後にもうひとつ気がついた。——バイパスに乗ってくれたのは好都合だったけれど、具体的にどこに行くとは決めていなかったはずだ。なのに、滝川のハンドルさばきにはまったく迷いが見あたらない。

「その気になれないっていうのはどうしてかな。和と美花って年が離れてるわりに仲のいい姉弟だったたし、メールはやりとりしてただろ？　内容はどっちもずいぶん儀礼的だったけどね」

いかにも意外そうに言われた、その声音が少しばかり気に障《さわ》った。

「状況を考えれば、会わせる顔がないのがふつうでしょう。どっちかっていうと、あの状況でまだ同居すると言い張ってたあんたの方がおかしいんですよ」

「僕に片思いしたあげく、あんなことを起こした子だ。気になるのは当たり前じゃないかな。大事な妻の弟でもあるんだから、面倒を見てあげないとね」

けろりと返った台詞に、呆れるよりもどの口で言うのかと白けた気分になった。言い返すのも馬鹿らしくなって、和は別のことを口にする。

「ところで、あんたはどうしてメールの内容を知ってるんです？」

「美花から見せてもらったんだよ」

「姉さんが、自分宛《あて》のメールをあんたに見せるとは思えませんね。そもそもあんた、どこでどうやっておれの携帯ナンバーやアドレスを知ったんです？」

ずっと気になっていたことを直球で訊くと、運転席の滝川は肩を竦めた。

「もちろん美花から聞いたに決まってるだろう」

「嘘ですね。勝手に姉さんの携帯を見たんでしょう。だからメール内容まで知ってるわけだ」

もちろん、美花は知らなかったはずだ。だからこそ、和の携帯電話に滝川から電話が入ったのを知ってあれほど驚いた。

……そんなふうに、姉を好き勝手に扱っていたわけだ。

隠しきれなかった苛立ちが声に滲《にじ》んだのが自分でもわかって、慌てて飲み込んだ。運転席の滝川の口角が上がっているのを知って、先ほどの違和感が一気に膨れ上がっていく。

ふと身体にかかる重力が変わる。見れば、車はバイパスの降り口へと下っていた。目に入った案内表示にあったのは、「市街地」の三文字だ。

ポケットの中で握っていた携帯電話が、振動するのが伝わってきた。一定のリズムは先ほどマンションを出る直前、八嶋の携帯電話からの着信のみを指定して設定しておいたものだ。

「話はそれで終わりですか。だったら、おれはもう降ろしてほしいんですけど」

「自分で帰る気か？　ここから駅までとなると、歩きで四十分近くかかるよ」

「バスか、それがなければタクシー拾いますよ。そのへんで構わないから、停めてください」

「――さっきのマンションに美花がいたのかな。それで、無事逃げたって連絡でもあった？」

危うく反応しそうになって、辛うじて平静を保った。そうして、和は意図的に呆れ顔を作る。

「何ですか、それ。どういう」

「電話の時から、おかしいとは思ったんだ。断れるはずの呼び出しに、わざわざ自分から応じる。僕に車を出させて、抵抗もせずおとなしく乗る。乗ったあとも行き先を言わず訊こうともせず、遠方に向かってても妙におとなしくしている」

「………」

「要するに、和には僕をあのマンションから遠ざけたい理由があったわけだ。――和が僕を連れ出している間に、美花を逃がそうっていう算段だったんだろう？」

そう言う滝川の顔は、見るからに上機嫌だ。さらに肥大した違和感に厭な予感を覚えながら、和は素《そ》っ気《け》なく言い返す。

「勝手に話を作らないでほしいんですけど。おれは単にあんたがあんまりしつこいから、これで最後と思って出てきただけです。脚の調子が悪くて歩くのはきついし、だからって誰かにあんたといるところを見られるのは真《ま》っ平《ぴら》です。それが全部で、他に理由はありません」

「へえ？　まあ、そういうことにしてあげてもいいけどね」

くすくす笑う滝川は、けれど車をマンションの方向に戻そうとはしなかった。高架沿いをしばらく走ってから、いくつめかの信号で左折する。

――姉があのマンションにいると察していながら、どうして滝川は和の言う通りにしたのか。和を、どうするつもりでいるのか？

浮かんだ疑問の答えが見えないまま、胸の奥で警鐘が鳴った。

「……とにかく、降ろしてください。もう話すことはないはずです」

「厭だな。和にはなくても僕にはある。もう少しつきあってもらうよ？」

笑うような声音の底に粘つくような響きを感じて、ぞっと背すじがそそけ立った。

フロントガラスの向こうに見えた信号が、青から黄色へ、そして赤へと変わる。手探りで見つけたドアノブを摑んでタイミングを計り、車がほぼ停止したと見るなりシートベルトを外してドアノブを引いて、和はあり得ないことに愕然とする。

ドアが、開かないのだ。がちがちと音が鳴るほど引っ張ってもびくともしない。

どうして、という疑問が声になる前に、背後から優しいばかりの声がした。

「無駄だと思うよ？　そっちの席は、勝手に乗り降りできないようにしてあるんだ。……美花が逃げられないようにね」


滝川が車を乗り入れたのは、住宅街の一角にある平屋の和風戸建てに沿うように建てられたガレージだった。

慌ただしく助手席から降ろされる間にも、必死で抵抗した。突っ張った右脚を蹴《け》られてふらついたところを、強引にガレージの奥に引きずられる。入り口のシャッター部分以外は三方は壁という作りのそこには隣の住宅への入り口と思《おぼ》しきドアがあって、開いたその中に無造作に押し込まれた。

家の中に人気《ひとけ》はなく、コートを羽織っていても底冷えがした。無理に引きずって行かれた先、放り出すように腕を離されて和は大きくたたらを踏む。危うく転びかけたのを、背後の壁に縋《すが》って辛うじて堪えた。やけに余裕の態度で見下ろしてくる滝川に、目を向ける。

あり得ないほど散らかった室内のそこかしこに、見覚えのある家具や小物がある。それですぐにわかった。ここはかつて姉が暮らしていた、滝川の住まいだ。

「……で？　あんた、いったい何がしたいんですか」

滝川は、和に対して興味は持っていない。その証拠に、三年前に転居して以降、滝川から和への連絡は見事なまでに絶えていた。先日再会したきっかけはもちろん、その後にこの男が口にした内容もすべて姉のことばかりだった。

なのに、どうして和をこんなところに連れてきたのか。思いつく答えはひとつだけだ。

「おれを使って姉さんを呼び出そうったって無駄ですよ。今、姉さんの周囲には頼りになる人が大勢いますから」

「だろうね。美花は案外強情だし、弁護士を介して会おうと言ってもまるっきり応じない。おまけにマサチカくんが傍についてるわけだから、何をやったところで無駄だろう。――もっとも、そのおかげで和はマサチカくんから放ったらかしにされてるようだけど」

意味ありげな笑みで言われて、和は瞬間返答に詰まる。——理史が姉を保護して様子を見ているのも、何かと気にかけているのも事実だ。和とは没交渉だった今日までの十日間も、きっとたびたび姉の相談に乗り、元気づけていたに違いない。

胸の中に落ちた暗い感情を、けれど和は振り払う。マンションでの別れ際、やはり行かない方がいいと和を引き留めてくれた姉の、心配そうな顔を思い出した。

理史の気遣いをありがたく思いこそすれ、文句を言える筋合いは和にはないのだ。……たとえその結果、理史と姉が又従兄妹という関係以上に親密になったとしても。

「あんなにマサチカくんが好きだったのにね。帰ってきた美花に奪《と》られて相手にされなくなったわけだ」

猫なで声を聞いたと同時に、滝川との距離が近くなる。思わず壁に背中を押しつけた和を、覗き込むようにして言う。

「——だから、可哀想《かわいそう》な和は僕が面倒を見てあげようと思ってね」

優しげな表情の中、目だけを変にぎらつかせた滝川が和を囲い込むように背後の壁に両手をつく。言葉の意味が飲み込めず見返すだけの和に、さらに顔を寄せてきた。

「慰めてあげるよ。僕はマサチカくんより優しいよ？」

「——な、に言っ……あ、んた姉さんと別れる気はないって……おれとのことは気の迷いだったってあの時、はっきり」

「マサチカくんと違って、僕は好みなら男でもいいんだ。正直、初めて会った時から和には興味があったしね。なのに、和は僕をまともに見ないし懐きもしなかったよね？」

わざとのように耳元で囁《ささや》かれて、勝手に肩が大きく震えた。肌にざあっと広がる嫌悪感は三年前のあの事件の時とよく似ていて、和は無意識に全身を竦ませる。

「和の、マサチカくんを見る目が気に入ってたんだ。……見てるのが僕じゃないのは、大いに気に入らなかったけどね」

「……そ、んなのあんたの勝手、でっ」

耳元を湿った体温で撫でられて、はじけたように身体が動いた。壁伝いに逃げようとした肘を取られ、容赦なく引かれて足が止まる。暴れて抵抗したはずが後じさった足が床にあった何かを踏んで、その拍子にかくんと膝が折れた。まずいと思った時にはしたたかに膝がぶつかる形で転んでしまい、重い痛みにその場にうずくまっている。

浅い息を吐いて痛みを堪《こら》える中、無造作に肩を摑まれる。引きずるように立たされて、ぶつけたばかりの膝がバラバラになるかと思うほどの衝撃を感じた。抵抗はすでに力にならず、和は奥のリビングに連れ込まれ、壁際に置かれた三人掛けのソファに放り出された。

「や、めろって言ってんだろ！　ふ、ざけんなよ！　あんた何考え――」

のしかかってきた重みを、精一杯の力で押しのける。身体を返して必死で暴れたものの、上になった重みに押さえつけられて身動きが取れなくなった。それでも抵抗を続けていると、面倒そうに顔を顰めた滝川が思いついたように言う。

「案外元気なんだな。……ああ、こうすればいいのか」

「――！　や、……っ」

無造作な手に右膝を摑まれ、ソファに埋《うず》めるように上から体重をかけられる。とたんに走った骨が軋むような痛みに、喉の奥で声が詰まった。押しのけようとした手首を容赦なく摑まれ押さえつけられて複数の痛みに思考が薄れ、目の前が眩《くら》んでくる。

「……っ、――！」

隙《すき》を突いたように呼吸を塞《ふさ》がれて、気持ちの悪さに顎《あご》を振った。喉ごと顎を摑まれ、固定されて湿った体温で唇を探られる。それが三年前にはされなかったキスだと知って、生理的な吐き気がこみ上げた。強引に唇の間に割り入ってきた感触に、思わず嚙みついてしまう。

呼吸が楽になった代わりに、何事か罵《ののし》られた。前後して頰を張られるのを、奇妙に遠く感じる。間を置かず喉に重みが埋まったかと思うと、チリつくような痛みが走った。

「何、暴れてんだよ！　おとなしくしろって言ってるだろ……！」

膝にわだかまる痛みと、腰から脚を圧迫する重み。喉元をまさぐられる湿った感触と、まくりあげられたカットソーの下を撫でる手のひら。その全部に、吐き気がするほどの嫌悪を覚えた。誰か、と願った脳裏に浮かぶのは、数時間前に大学から八嶋のマンションまで和を送ってくれた——帰ってきていいと言ってくれた、大好きな人の面影だけだ。

全身が、泥の海に沈んでいくようだった。必死で暴れているはずの手足は重くて覚束《おぼつか》ず、視界は霞《かす》んで薄れかけている。吐き気を覚えるほど近くに滝川がいて、忙しなく口を開閉しているのに、その声は聞こえてこない。

そんな中、——和が一緒にいて誰より安心できる人の声に名前を呼ばれた気がした。

「無粋《ぶすい》ですね。邪魔はしないでもらいたいんですけど。だいたい何ですか、あなた方は。許可もなく他人の家に入ってくるのは犯罪じゃないですか？」

耳に入ったざらついた声は、すぐ近くから——和の上に乗っている、滝川のものだ。身を起こし背を捩《よじ》るようにして、左側の先に目を向けている。

滝川に、誰かが答える声がする。その声が含む低く咎める響きがよく知ったもののように思えて、和は耳鳴りの間に耳を澄ませた。

「誘ったのは和の方ですよ。遠くに行きたいって希望で、僕の車に乗ってきたんですから」

自分の名前を聞いたとたんに、焦点が定まったようにすべての感覚がクリアになる。和の上にのしかかったままの滝川が、喉の奥で笑うのが聞こえた。

「だったら本人に訊いてみたらどうです？　僕は構いませんよ。……和」

ふと声を低くした滝川が、意味ありげに剝《む》き出しになった和の喉を撫でる。唇の端を歪《ゆが》めて笑った。

「どうする？　マサチカくんに見られたようだけど」

「ふっざけんじゃねえよ！　そんなわけがあってたまるか」

滝川の声を切り捨てて響いた声を、幻聴かと思った。のろのろと首を回して目を向けた先、先ほどは壁しか見えなかった場所によく知った大柄な人影を認めて呼吸が止まった。

理史くん、と呼んだ声は自分の耳にも聞こえなかった。

目が合った瞬間に、理史の唇が和、と呼ぶ形に動いた。そのまま、大股《おおまた》に駆け寄ってくる――。

「おとなしくしておいた方がいい。マサチカくんに、知られたくないんだろう？」

意味ありげな声を、耳だけでなく耳元の肌でも聞いた。顎を取られたまま反射的に目をやると数センチ先に滝川の顔があって、避《よ》けるまもなく呼吸を塞がれる。

時間が、止まったような気がした。突然脳裏に走った既視感に、和はただ目を見開く。

――三年前のあの時と、同じだ。本当は吐き気がするほど厭だったのに、右膝の痛みにつけ込まれて逃げられなかった。あげく和本人が望んでいたことにされて、冗談じゃないと思いながらも受け入れた。

理史に知られて、軽蔑《けいべつ》されることだけは避けたかったのだ。そのためだけに嘘をつき通した。三年が経った今、姉はあんなにも傷ついて、和はこうして理史に迷惑をかけ続けている。

姉も理史も、和を信じてくれたのに。何も言わなくても、「それは和じゃない」と伝えてくれたのに——それでも、あの嘘に固執する必要があるのか。

姉のことも考えず理史には甘えるばかりで、いつまで同じことを繰り返すのか？

考えた、その瞬間にはもう身体が動いていた。

「……っ、や、だっ——」

いつの間にか自由になっていた手で、滝川の顔を掴んで渾身の力で押しのける。悲鳴じみた声とともに、上に乗っていた重みが大きく傾いた。それを手加減なしで突き飛ばしながら半身を捩って、和は逃げるためにソファの下へと転がり落ちる。

和、と呼ぶ声がやけにクリアに聞こえた。

右膝に起きた衝撃も痛みも、どうでもよかった。重い痛みを無視して顔を上げ、追うように伸びてきた滝川の手を振り払って、和は必死で手を伸ばす。——駆けつけてくれた理史に、全身でしがみついた。

「動けるか。脚をどうした⁉」

「ころ、んで……ぶつけ——」

「わかった。動くな」

唸《うな》るような声とともに、腰を抱くように起こされる。直後に「和」と聞こえた声に反射的に振り返って、ぞっとした。

手を伸ばせば届く距離に、滝川がいたのだ。和に突き飛ばされた時のままなのか、不自然にソファに身を預けて食い入るようにこちらを見ている。

「……本当に、それでいいのかな？」

右上がりの声音は、延長上の脅しだ。三年前のあの時と、同じ――。

ざわりと肌が粟立ったのと、唸るような低い声が耳元で響いたのがほぼ同時だった。

「脅しか。そうやって和を思い通りにしたわけだな？……てめえ、ふざけてんじゃねえぞ」

それが理史の声だと気付いた時には、背後から伸びた腕が滝川の襟元を摑み上げていた。力尽くで襟ごと上向かされた滝川が、怯えの混じった顔でこちらを見ている。初めて見る理史の剣呑さに呆気に取られていた和は、我に返って慌てて理史のその腕にしがみついた。

「だ、めだよっ。仕事で使う大事な手なんだから、こんなことに使ったりしたら！」

必死で指先に力を込めて見上げると、厳しい顔をした理史と目が合う。

表情から怒気を薄れさせた理史が、無言のまま和を背後に押しやろうとする。それを察して、和は滝川に向き直った。胸の奥でいっぱいになった気持ちを押し出すように、口を開く。

「おれが好きなのは理史くんで、あんたじゃない」

喉からこぼれた自分の声は、掠れているはずなのに不思議なほどはっきり聞こえた。とたんに背後でびくりと揺れる気配を感じて、それでも和は言葉を続ける。

「三年前のあの時から、そうだった。おれは、あんたを好きだったことは一度もない。ずっと、理史くんだけ、で」

最後の一言を言い終わる前に、我に返ったように気づく。今、和を支えてくれているのは――抱き込むように守ってくれているのは、他でもない理史だ。

とうとう言ってしまったと、頭のすみでそう思った。顔を上げる勇気を持てずに、和は背中から回っている大好きな人の腕をただ握りしめた。

8

頬に押し当てていたアイスノンがすっかり柔らかくなったのを知って、和はくるんでいたタオルごとそれを外した。冷えた頬にじかに指先で触れて、最初に当てた時にあった違和感がほとんどなくなっているのを確かめて、ほっと息を吐く。

車内は、怖いくらいに静かだった。

まだ痺《しび》れたような痛みが残る右脚を膝掛けの上からそっと手で押さえて、和はぼんやりと自分のその手を見つめる。そうしていても、視界のすみで運転席にいる八嶋の左肩と、助手席の理史のうしろ頭が見えていた。

――あのあとすぐに、和は理史と八嶋に庇《かば》われるようにして滝川と姉の家を出た。

滝川は、不思議なくらい何も言わなかった。理史に抱えられるようにしてその場を離れた和を、事態がうまく飲み込めないような顔で眉《まゆ》を顰《ひそ》めてただ見つめていた。

無言だったのは、理史も同じだ。正視できず視界のすみでちらちらと垣間見た顔はあからさまに怒っているのに、和を叱りつけることもない。いつもと同じ優しい手で八嶋の車の後部座席に和を乗せると、ドアを閉じて再び八嶋と滝川が残る家の中に戻ってしまった。

何をしているんだろうと、落ち着かない気持ちになった。もしやまた滝川が勝手なことを言っていないかと思いついたら気になって、行ってみようかとドアノブに手をかけたところで八嶋と理史が肩を並べて車に戻ってきたのだ。

八嶋が運転する車が出て間もなく、理史は立ち寄ったコンビニエンスストアで買ったアイスノンをタオルでくるんで渡してくれた。滝川に張られた頬がヒリついていることに気付いておらず戸惑った和の頬にそっと押しつけて使うよう促して、なのにその間にも唇を引き結んだまま何も言わなかった。

（美花ちゃんは、無事だから）

車がバイパスに乗ったあと、運転席でハンドルを握っていた八嶋がルームミラー越しに和を見て、思い出したように言った言葉を思い出す。

（あとで美花ちゃんにお礼言っといた方がいいね。和くんの居場所がわかったの、彼女が和くんの携帯のGPS機能をオンにしてたおかげだから）

言われた内容に覚えがなくて目を見開いたら、八嶋はミラーの中で苦笑した。

（詳しい話はあとでね。とりあえず、先に病院かな。脚、ずいぶん痛む？）

（あ、……大丈夫です。このくらいなら、慣れてるし。ぶつけただけだから、帰って静かにしていればどうってことないんで）

遠慮したのではなく、馴染《なじ》みの痛みだからそう言った。なのにあっさり却下され、そのまま和は病院に連れて行かれて、診療時間ギリギリで滑り込む形で検査と診察を受けた。

幸いにも結果は特に異状なしで、無理したのなら安静にするように言われた。——そのあとは、こうしてまた車中にいる。

膝を摑んでいた指に少し力を込めて、和は目だけで助手席の後ろ姿を見つめる。

滝川のところでも病院でも、車の乗り降りや移動の時は理史が手を貸してくれた。

それなのに、理史はあれから一度も和を見ない。口を利いてもくれない。

ずっと見てきたから知っている。理史は、腹が立ったという理由で黙り込むたちではない。

それに、和が余所《よそ》を見ている時は見られている気配がする。

要するに、困らせているのだ。一回り年下の又従兄弟で、弟分だと思ってずっと面倒を見て庇護《ひご》してきた相手——しかも同性に告白めいたことを言われて、どうすればいいのかと扱いかねている。

たぶんそうなるだろうと、想像していた通りだ。なのに裏切られた気分になって、和は諦めたつもりでまだ期待していた自分を思い知った。

駄目なものは、駄目だ。染みるようにそう思いながら、それでもあの時のことを後悔していない自分を再認識する。

もう、嘘をつかなくていい。滝川が何を言ってこようが気にする必要はなくなったし、脅されることもない。姉に嘘をつき理史を騙していると、思わなくていい。

……八嶋のところにいる限りは理史と直接の接点はない。あとは、予定通り姉の問題が片づいたらアパートを借りて、今度こそ一人暮らしをする。そうすれば視界に入ることもないから、理史の邪魔にはならないはずだ。そうして、いつか和の方が諦めてこの気持ちを終わりにした時に、又従兄弟同士として再会できたらいい。

理史が割り切ってくれるのが早いか、和が諦めるのが早いか。どう考えても前者に決まっていて、だからそれまではこっそり好きでいさせてもらおうと思う。

もう、邪魔はしないから――迷惑をかけるのも、今日で最後だから。

ぽつんとそう思った時、ほとんど衝撃もなく車が停まった。

助手席のドアが開くのがわかって、反射的に窓の外に目を向ける。そこが理史のマンションの前だと気づいて、慌てて窓のボタンに手を伸ばした。

助けてもらったお礼と仕事を休ませてしまったお詫《わ》びだけはきちんと伝えておきたかった。それに、これきり当分会えないのなら、せめて理史の顔だけは見ておきたかった。

指先がボタンに触れる前に、目の前のドアが開く。ぽかんと見上げた先、ドアを押さえていた理史とまともに目が合って、用意していたはずの言葉が引っ込んでしまう。

「……あの。理史くん、今日は」

「手。こっちに貸せ。降りるぞ」

当たり前のように肘を取られて、車から降ろされる。予想外の事態に躊躇《ちゅうちょ》した耳に、八嶋ののんびりした声が聞こえてきた。

「お疲れさま。和くん、今日は疲れただろうし早めに休みなよ。あと、うちにある荷物は明日にでも届けにくるから」

「……あの！　でも、まだおれ、行き先が決まってなくて」

「そのへんは理史に聞いてくれる？　とにかく、そろそろ邪魔なんだよね。そういうわけだから、ごめんね？」

爽《さわ》やかな笑顔で和に言い放ったあとで、運転席から振り返っていた八嶋は理史を見た。

「美花ちゃんには僕からお説教しとくから、理史は和くんの方をよろしく」

「わかった」

低い声を聞いたと思った時にはもう、和は理史に脇《わき》を抱えられる格好で車の外にいた。目の前で後部座席のドアを閉じた車が、呆気なく去っていく。それをぽかんと見送っていると、和の脇を抱えていた腕に軽く引かれた。我に返るなり、困り顔の理史と目が合う。

「……あ」

何か言おうと思ったのに、うまく言葉にならなかった。

そのまま俯いてしまった和をどう思ったのか、理史は黙って動き出す。

自分の脚で歩いてはいるものの、両脚ともほとんど体重はかかっていない。このやり方は三年前に同居するようになって間もなく理史が覚えたもので、ここ当分は必要なかっただけに衣類越しに伝わってくる肌の弾力や体温にひどく落ち着かない気持ちになった。

そこまで困るのなら、どうして和を連れ帰るのか。あのまま八嶋のところに帰してくれたらいいのにと八つ当たり気味に思ってから、先ほどの八嶋の「邪魔」発言を思い出した。

……考えてみれば、当然のことだ。そもそも八嶋が和を引き受けてくれたのはただの成り行きであって、彼には彼の都合がある。八嶋にああ言われたら今の和にはもう行き場がなくて、だから理史が連れ帰るしかなくなったに違いない。

少なくとも当分は、和に近づきたくはないだろうに。

もう理史のところには戻らないと、和自身がはっきり告げたはずなのに。

「あ、のさ」

躊躇《ためら》いがちに声をかけると、理史は無言のまま和を見下ろしてくる。ちょうどそこにエレベーターがやってきて、先に乗るよう促された。歩き出した理史を傍の手摺りを摑むことで制止して、和はどうにか思いつきを口にする。

「姉さんの住所、教えてもらっていい？　おれ、今夜はそっちに泊めてもらうから」

やっとのことで声をかけると、傍《かたわ》らの理史はちらりと目だけを向けてきた。その表情がひどく硬く見えて、和はどうにか言葉を続ける。

「タクシー呼んだらあとはひとりでも平気だし、邪魔にならないようにするから今夜だけ。明日には不動産屋行って、ちゃんと部屋探してく――」

「……あとにしろ。話があるんだ」

一言とともに、和はそのままエレベーターの中に引き込まれた。

こういう言い方をした時の理史には、何を言っても無駄だ。諦めて息を吐くと、脇に回っていた腕の力が強くなった。

十一日振りに帰った部屋は冷えていたけれど、空気の匂いすら懐かしかった。玄関先で靴を脱ぎ、リビングのソファに座るまで理史の手を借りる形になって、和は小さくお礼を言う。それにもやはり返事はなくて、その事実が棘《とげ》のようにちくちく痛かった。

遠ざかった足音と気配にそろりと顔を上げてみると、無造作にコートを脱いだ理史がキッチンカウンターの向こうに立つところだった。さほど間を空けずソファに戻った時には、両手にそれぞれマグカップを持っている。

トレイを使えばいいのにといつもと同じことを思って、そう感じるのも今日が最後だと気づく。馴染んだはずのリビングが他人の家のように感じられて、寒さのせいだけでなく和は着込んだままのコートの襟に首を埋めていた。

マグカップをローテーブルに置いた理史が、ソファに座るのでなく和の前にしゃがみ込む。

その体勢は和を叱ったり言いにくいことを言ったりする時の定番で、否応なく緊張した。そのくせ、こういうことも今日で終わりだと思うと寂しいような気持ちになる。

——そう、最後になるのだ。再確認して、和はまっすぐに顔を上げた。

どんなに探してもろくに合わなかった理史の視線が簡単に捕まったことにほっとしたあとで、捕まえられたのは自分の方だと思い知る。そのくらい、理史の視線も表情もまっすぐだった。

「確認したいことがいくつかある。我慢も遠慮もいらないから、正直に答えろ。——滝川の家で和が言ったことは本当か？」

真っ先にぶつけられた問いがそれで、一瞬気持ちがくじけそうになった。違うと答えたら元通りになれるだろうかと頭のすみで考えながら、和は迷わず頷く。

「三年前のあの時も、今日と同じだったんだな？　滝川の言い分を肯定したのは、あいつに脅されてたからだったんだな？」

こうなった以上、隠す理由も必要もない。それで、和は素直に頷いた。

「おまえなあ……そんなに俺に知られたくなかったのかよ」

ため息混じりに聞こえた低い声に責める響きは感じなかったけれど、呆れを含んでいるように聞こえた。さすがに顔を見ていられずに俯くと、頭上から声が落ちてくる。

「俺が知ったら厭がるとか、毛嫌いすると思ったのか？」

「だって、ふつうは迷惑じゃん？　理史くん結婚歴あるし、おれ男だし、弟分だったから余計に気味悪いだろうなって。あと、理史くんはきっと困るだろうと思った」

「……和」

「おれ、理史くんのとこ以外に行くとこないし。三年前だって、それがあったから理史くんはおれを引き取ってくれたんじゃん。なのに、そういうのって恩を仇《あだ》で返すようなもんだと思ったし。だから、理史くんにだけは言うつもりはなかったんだ。大学卒業するまで近くにいられたら、それで十分だと思ってた」

俯いた視界に映る理史はやはりしゃがみ込んだままで、姿勢は少しも変わらない。きっと、困ったような微妙な顔で和を見下ろしているに違いない。――そう思った。

「ごめん。理史くんに、厭な思いさせる気は、なかったんだけど」

「どうしてそう思う。何でそうも逃げ腰なんだ？　理由があるなら言ってみな」

理史の問いは穏やかだったけれど、額面通りに受け取るのは間違いだ。そう思ったのが滲んだのか、答える声に自嘲《じちょう》が混じってしまう。

「好きでもないヤツにくっつかれたりつきまとわれたりするのって本気でぞっとするし、すごいストレスだから、さ」

「滝川のことか。……和がそうだったんだな？」

「あの人から見たらおれも同類みたいだよ。三年前もだけど、今回もまた言われた。物欲しげな顔で理史くんのこと見てて、気色悪いって」

真正面からの指摘のショックが大きかったから、理史に限らず人前ではできる限り表情を出さないように気をつけるようになった。それでさらに感情がおもてに出なくなってしまったようで、高校を卒業する頃は表情のない人形みたいだと言われた。

だったら理史に気づかれずにすむはずだと、心底ほっとしたのを思い出した。

「対象外なのはわかってるから、もういいんだ。すぐは無理かもだけど、ちゃんと諦めて元の又従兄弟に戻る。少し時間がかかるかもしれないけど、そしたらまた会いに来るから、その時は元通り遊んでくれたら嬉しい。だから、理史くんも今日のことはもう忘れて」

最後まで言えたことにほっとした。ようやく顔を上げるなりじっとこちらを見ていた理史とまともに目が合って、和はどきりとする。

先ほどまで真顔だったはずの理史が、苦笑していたのだ。ふと手を伸ばしたかと思うと、ソファの上にあった和の手に重ねてくる。反射的に逃げようとしたのを、やんわりと、けれど逃げられないとわかる力で握られた。

「これきり会わない、って言い方に聞こえるんだが?」

「……当分は、会えないよ。おれの方が無理。そんな、諦めよくできてない、し」

「当分待てば諦められるのか？　それこそ無理だと思うんだが」

真正面から問う声に、どうしてそんなことを言うのかと泣きたくなった。睨《にら》むように理史を見上げて、和は言う。

「諦められなかったら、ずっと好きでいるからいい。だからって無理に理史くんにつきまとう気はないし！　っていうか、諦められるまで連絡しないし、会わないようにするからいいじゃんか！　勝手に好きでいるくらいっ……」

限界だとふいに思って、衝動的に腰を上げていた。この部屋の椅子やベッドは和が一番使いやすい高さになっているとはいえ、いつもほど身軽とはいかず、踏み出したとたんに痛みが来る。まずいと思った時には身体が傾いて、完全にバランスを崩してしまっていた。

和、と呼ぶ声を聞いたのと、何かに受け止められたのがほとんど同時だった。直後、頬にぶつかった感触に、またしても理史の腕に助けられたことを知る。

かあっと、全身が熱くなった。

滝川のところでは、とにかく痛くて苦しいばかりで――迷って考えるだけで精一杯で二の次になっていた、理史の腕の強さや体温や匂《にお》いを、鳥肌が立つような気持ちで認識する。

失恋したばかりで、これはきつい。何より、理史に迷惑だ。離れようと慌てて両腕を突っ張ったとたんに腰ごときつく抱き込まれて、何が起きたのかと呼吸が止まった。

「悪かった。からかったつもりじゃなかったんだ」

「……――」

だったらどうしてと、いつもなら言い返すはずの言葉が凍ったように出なかった。

固まったように動けずにいる和の髪を、優しい手がそっと撫でる。子どもの頃から馴染みのその感触に、和は思わず息を潜めてしまう。

「できれば、ずっと諦めないでくれないか」あいにく、こっちが待てそうにない」

耳元で聞こえた声の、音は聞き取れたのに意味がわからなかった。

髪を撫でていた手のひらが動いて、和のこめかみから顎の付け根をくるむように触れてくる。親指の腹で頬を撫でられたかと思うと、俯いていた顔をやんわりと上げさせられた。額《ひたい》に額をぶつけるようにされて、近すぎる距離にいる理史の顔を意識する。

初めて見るくらい、真剣な表情だった。さっきまでの苦笑はどこにもなく、ただまっすぐに和を——和だけを、見つめている。

心臓が走り出すのが、自分でもわかった。

「最終確認。和の保護者を返上しても構わないか？」

声というより、吐息に近い囁きだった。内緒話のように告げられた内容が、けれど額面通りのものではないとうっすら悟って、なのにその奥の意味が読みとれなかった。

「和。返事は？」

「え、……え？　あの、……」

「厭か。保護者の方がいいのか？」

「……！」

首を横に振った和を近すぎる距離で見つめて、理史が笑う。いつもの人を食ったような笑みではなく、だからといって優しいだけでもない。満足そうでいて、何か足りないと訴えるような——背中がぞくりとするような色を、帯びた笑み。

「言質《げんち》は取った。——了解だ、じゃあそういうことで」

さらに寄ってきた気配に、ぶつかるのではと身体が動く。とたん、するりと伸びてきた腕に首の後ろを掴まれた。固定された視界の中、息を詰めた唇を覆った体温の正体は、目を見開いていた和には間違えようがなく。

瞬きさえ、忘れたと思った。数センチ先でこちらを見ている理史の、切れ長の目が笑ったのを認識して、それでも和は固まったままだ。

「こういうわけなんで、諦めるのも待つのもなしにしてほしいんだが？」

触れた時と同じようにそっと離れていった唇が、聞き慣れた声でそんなふうに言う。動けない和の頬を指で撫でたかと思うと、今度は音を立てて唇を啄《ついば》まれた。

目の前二十センチの距離で笑う顔をぼうっと眺めて、和はたった今起きたことをひとつずつ思い起こす。数秒後、ようやく正確に理解して、顔全体が爆発したような気持ちになった。

「あ、あああああ、あのっ、まさちかく——」

「ん？　何が気になる？　落ち着いてひとつずつ言ってみな」

「ひ、とつずつって、だって何で、どういう……っん、——」

言い掛けた唇をまたしても啄まれて、和はセーターを握りしめる。繊細なその手触りは知っている、去年のクリスマスに和が理史に贈ったプレゼントだ。とにかく肌触りのいいものをと探し回って、やっとのことで見つけた。

そのセーターが、どうして頬に当たるのか。もとい、いつの間に理史は和の隣に座ったのか。ほとんどぴったりと真横にくっついた格好で長い腕を和の背中に回していて、つまり和は完全に理史の腕の中に抱き込まれている。

これは、又従兄弟の距離とは言わない。成人を越えた兄弟でもあり得ない。今日の午後に姉の美花と抱き合った時だって、ここまで密着してはいなかったはずだ。

「言っただろ。保護者は返上。今からは和の恋人にしてもらおうかと」

目を白黒させるばかりの和に可笑《おか》しそうに笑って、理史は言う。さらりとしたその言葉に、けれど和はかえって戸惑った。

「……でもおれ、男だよ。見た目はこうでも女の子じゃない」

途方に暮れてつぶやいた和に、理史はさらりと言う。

「教えてもらう必要はないな。昔はよく一緒に風呂に入ったし、洗ってやったこともあるよな？　で、和は恋人が一回り年上のおっさんでもいいのか？　一応予防線を張っておくが、あとになってやっぱり同世代の女の子がいいと言われたら、間違いなく俺は泣くぞ」

「それはない。おれ、あんまりそういうの興味なかったし。理史くんを好きになったの中学の時で、そのあとは理史くんだけでよかったか、ら……」

語尾まで渫《さら》うように、またしてもキスをされる。唇を吸って鼻先を啄み、眦《まなじり》を舐《な》めて額へと落ちた。抱き込まれた腕の中、いきなり高濃度のアルコールを浴びせられた心地になって、和は思わず自分の手のひらを握りしめる。これだけはと、顔を上げて理史を見た。

「そうじゃなくて、本当にいいんだ？　もしかして、気の迷いとか同情とかじゃあ」

「認めるまでに一年近くかかって、その後二年続いたから気の迷いにしては長すぎるだろうな。ついでに、同情でキスできるほど俺は博愛主義じゃねえよ」

笑う響きの声とともに、ふにと頬を摘《つま》まれた。じっと見上げたままの眦を指先で撫でられて、和はそれでも理史の顔から目を離せない。その様子で何か感じたのか、両手で顎を摑まれて軽く額をぶつけられてしまった。

「和なら知ってるだろ？　俺は、本当に自分がしたいと思ったことしかやらねえよ」

「でも理史くん、今までそんなこと一言も言わなかったし。素振りとかも、まるっきり」

理史は、和には甘い。それは確かに事実で、周囲に過保護だと言われるほどではあったけれど、和の脚のことや状況を思えば仕方がないと思える範囲のものだったのだ。大事にされている、気遣ってもらっているとは感じたけれど、今のこれは明らかに違っていた。

「そうでないとむしろ困るな。これでも気づかせないよう細心の注意を払ってたんだ」

「注意？」

「保護者の立場で、下手に手を出すわけにはいかないだろ。おまえがどう思ってるかもよくわかってなかったしな」

「……物欲しそうな顔で、理史くんを見てるって言われたけど」

首を傾げた和に、理史は苦笑する。

「さっきも言ってたが、そりゃねえだろ。だったら俺も苦労はしなかったしな」

「苦労？　したんだ？」

「おまえ、ガキの頃から顔に出ないたちだったじゃねえか。ここ何年かはそれに輪をかけて表情が薄くなってたしな。無理やら我慢やらしているのは雰囲気でわかるんだが、こっちをどう思ってるかってことになるとからっきしだ」

黙ったままじっと見上げた和の頬を摘みながら、理史は言う。

「なまじ昔っから懐かれてたもんで、よもやと思うことがあってもそっちの延長じゃねえかって思い直したりな。試しに言ってみようかと思わないではなかったが、違ってた時のダメージがでかすぎるだろ。俺も、おまえにも」

言われたことはそのまま和自身にもあてはまることで、だから頷くしかできなかった。同時に思い当たったこともあって、和はぽそりと言う。

「……じゃあ、理史くんはもう何も言わないつもりでいたんだ？」

「それも考えなかったと言や嘘になるな。男同士だし、三年前の件を思えばおまえにはそういうのは鬼門じゃねえかとも思った。おまけに年の差が一回りともなるとなあ。……まあ、何のかんの言って諦める気はなかったわけだが」

最後の一言にそれまでの台詞をひっくり返されて、和は思わず目を瞠る。その間も理史の指は手遊びのように和の頬に触れていて、そのことにひどく安心した。

「環境を整えて必要な根回しをして、おまえの気持ちを見極めた上で、勝算があるなら勝負に出ようと思ってた。ちょうど美花が戻ってきたところだったしな」

「姉さんが、何か関係ある……？」

眉根を寄せた和の両方の頬を左右からふにふにと撫でながら、理史は眉を上げる。

「俺がおまえに美花と会えってしつこく言った理由、教えてやろうか」

「姉さんが心細がってて、おれに会いたがってたからだよね。あと、おれと姉さんを仲直りっていうか、元通りにしたかったんだよね？」

両親が逝って以降、誰よりも和たち姉弟を気にかけてくれていたのが理史だ。面と向かって姉と会うよう言われたのは今回が初めてだったけれど、それ以外の部分で――たとえば姉夫婦と距離を置いた和の代わりに両親の法事関係の打ち合わせを引き受けてくれたり、そういう時の姉の様子を教えてくれたりすることで、和と姉の間を確実に繋いでくれていた。

「そっちは建前。本音は、美花との間柄が元に戻れば、和がもっと楽になると思ったんだよ。そうすれば、いろんな意味で今より明け透けになるんじゃないか、ってな」

軽い口調で告げられた内容に、けれど和はあえて言わない「理由」がわかった気がした。

三年前のあの時から、和にとっての居場所も逃げ場も理史だけになっていたからだ。その理史に告白されてしまったら、和は無条件にそれを受け入れることで居場所を確保するか、今度こそ完全に居場所も逃げ場も失うしか選択肢がなくなる。

……和自身の本心とは、何の関係もなく。

だからこそ理史は「環境を整えて必要な根回しをして、おまえの気持ちを見極めるまで」和に何も気づかせないつもりでいたのだろう。

「こっちもいい年だし、それなりの都合や事情ってもんがあるからな。我慢するにも限度があるし、実際んとこ結構ヤバかった」

ため息混じりに続いた言葉の意味がわからず見上げていると、理史がすいと顔を寄せてきた。和の顎を掬《すく》うようなキスをして、意味ありげに覗き込んでくる。

「これ、何回目かわかるか?」

「えー……四回目……?」

「外れ。七回目」

「嘘。そんなにしてないじゃん」

数えてこそいなかったとはいえ、倍近くも違ってはいないはずだ。そう思って言い返すと、理史は和の額に額を合わせるようにしてから秘密めかして言う。

「懺悔《ざんげ》しておく。どうしても我慢できなくて、過去に三回、おまえが寝てる間にしたんだ。だから、トータルではその数だ」

「……は？」

「けどおまえも反省しろ。俺の目の前で無防備に寝こけるのが悪い」

どうしてそこで威張るんだろうと思いながら、和はふと思い出す。

寝ている間となると、おそらく例の夜のマッサージの後だ。そういえばまだ冬の色がそう強くはなかった頃、夜中に目が覚めたら理史が隣で寝ていたことがあって、その時に見た夢があまりにあまりだったのでこっそり盛大に狼狽《うろた》えた覚えがある、のだが。

「……もしかしてそれって十月？　月命日に行った日の夜、とか？」

「狸寝入《たぬきねい》りでもしてたのか？　けどおまえ、そこまで器用じゃねえだろ」

「夢だと、思ってた。その、理史くんと、……するとか絶対あり得ない、から」

熱くなった顔を隠したくて、ぶっきらぼうにそっぽを向く。その頬を手のひらに摑まれ引き戻されて、理史曰《いわ》く八回目のキスをされた。

弱り切って視線を泳がせた和に気づいたのだろう。上から落ちてくる声は、笑っていた。

「ひとまず夕飯だな。おまえ、何が食べたい？」

不慣れだからこそ、格別の注意が必要だ。対応を間違えると、とても困ったことになるような気がする。

肝に銘じながら、和は洗面所の丸椅子《まるいす》に腰を下ろしてドライヤーで髪の毛の水気を飛ばした。鏡の中の自分が湯上がりのせいとは思えないほど赤い顔をしているのを認識する。

(和。もうじき風呂の湯が溜《た》まるから)

夕飯をすませたあとで、キッチンからかかった声を思い出す。和と目が合うなり不自然に言葉を切った理史は、やけに楽しそうに続けた。

(一緒に入るか？　久しぶりに洗ってやるよ)

意味ありげに動く両手の指が怪しく見えて黙ってじいっと見つめていたら、人を食ったような笑顔を向けられたのだ。

(服を脱がせて丸洗いして、上がってからはタオルで拭《ふ》いて寝間着を着せてやる。どうだ？)

(……いいっ！　遠慮するっ)

ものの見事に裏返った自分の声を聞いて、改めて動揺したのだ。まだ痛む脚を引きながらそそくさと浴室に向かったのを追って来られて、正直どうしようかと思った。

もっとも理史の方はからかっただけだったようで、脱衣所に和が入るなり「しっかり温まれよ」と笑いながらリビングに戻っていった。

遠ざかる足音を聞きながらほっとしたくせ、ほんの少しだけ物足りないように感じたのは当然ながら理史には内緒だ。

使い終わったドライヤーを片づけて、和は鏡の中の自分と向かい合う。

こういう場合はどうすればいいんだろうと考えて、もっと手前の問題だと気がついた。

――どんな顔で理史の前に出ればいいのか。これまでと同じで、構わないんだろうか？

悩んでいる間にも、ずんずんと脚が冷えた。その問題はとりあえず棚上げして、和はリビングに引き返す。暖まった部屋に入るなり、身体のこわばりが溶けるのがわかった。

「ひとりで戻ったのか。呼べって言っただろうに」

「だから大袈裟だってば。しっかりあったまったし、あとは自分でマッサージするから平気」

キッチンから声を投げてきた理史に、わざとむくれ顔を作って言い返す。急いでソファに腰を下ろすと、上から毛布と膝掛けが降ってきた。危うく埋もれかかって顔を出すと、目の前のローテーブルに湯気の立つカップが置かれる。

「……また牛乳だし」

「ちゃんとコーヒー風味にしてあるから飲め。……風呂から上がったらゆるめのマッサージしてやるよ。それまでは暖かくして休んでろ」

「はーい。よろしくお願いします」

ありがたく頷いたら、頭の上にぽんと大きな手のひらが乗ってきた。

頭のてっぺんを撫でた手が、輪郭を辿って顎を掴む。え、と思った時にはもう齧《かじ》られた唇から理史の体温は消えていて、きょとんとしたまま浴室に向かう背中を見送った。

「理史くん、慣れすぎ……」

一回りも年上で結婚歴もあるのだから、考えるまでもなく当たり前だ。

わかっていたはずなのに、面白くなかった。点《つ》いていたテレビを睨んでむっとしていると、じきに理史が戻ってくる。途中で取ってきたのか、手にはフラットシーツを抱えていた。

「……カラスの行水。温まらないと風邪引くよ」

「そこまでヤワにできてねえよ。それより和、ちょっとそこ避けろ」

頷いた和が逃げた場所――三人掛けのソファに、理史はシーツを広げた。手慣れた様子で、スプリングや肘掛けの隙間に端を押し込んでいく。それを眺めながら、「あれ」と思った。

「マッサージ、ここでするんだ？　ベッドじゃなくて？」

ソファでは安定が悪い上に柔らかすぎて力が逃げる、というのがマッサージをしてくれる時の理史の言い分だ。それだから、毎回必ずベッドでしてもらっていた。

「……ベッドでもいいけど、そっちを選ぶと別のマッサージを受ける羽目になるぞ」

「別の、ってどういうの。いつものやつ？」

意味がわからず訊き返したら、どういうわけかとても微妙な顔をされた。ため息混じりに「いいから寝ろ」と宣告されて、和はおとなしく俯《うつぶ》せになる。

「眠かったらそのまま寝ちまっていいぞ。部屋には連れてってやる」

「えー、もう？　でもまだ時間、早いよね？」

点いたままのテレビでは、二十二時からのニュース番組のオープニングが流れたばかりだ。いつもなら、お茶を飲みながらふたりでのんびり過ごしている頃だった。

「おまえ、今日は十分盛りだくさんだったろうが。夜更かし禁止だ、とっとと寝ちまえ」

呆れ声で言いながら寝間着の上から和の腰を押さえた手のひらは、いつものように優しい。それで、和は安心して全身から力を抜いた。

理史の手の感触が、とても好きだ。大きく筋張っていて、そのくせ器用で力も強い。特に本店の厨房や自宅のキッチンで調理をしている時の理史の手は、動きが素早いのに丁寧できれいで鮮やかで、色っぽいと思ってしまう。

――滝川の手とは、まるで違う。

理史の手の感触に浸っていたはずが、ふっとそれを思い出した。数時間前、無遠慮に無造作に和をモノ扱いした、あの手。よくない意味で、三年前と同じ――。

「和？　どうした」

怪訝そうな声で我に返って、和は肩越しに振り返る。理史と目が合ってすぐに、先ほどまでに何度も交わしたキスを思い出して、無意識に自分の唇を押さえてしまった。

そういえば、滝川からは唇にもキスされた。けれど、もうそこにその感触は残っていない。理史とのキスで、きれいに上書きされてしまったらしい。

だったら、首すじや顎のあたりに残る気持ち悪さも理史に上書きしてもらえないだろうか。

唐突な思いつきを、すぐさま押しつぶす。恋人になっただけでもいっぱいいっぱいなのに、いきなりそんなことが言えるはずがない。そう思った時、「こら」と顎を摑まれた。

いつの間にか、理史は和の腰のあたりではなく、肩のところまで移動してきていた。

「何か気になるのか？　黙ってないで言え」

「……えーと、あの」

どうしようかと迷ったけれど、こうなった理史はきちんと答えない限り許してくれない。

それに——思い出してしまった気持ち悪さを、そのままにしておくのもきつい。

和が何度か逡巡《しゅんじゅん》する間も、理史の手は肩胛骨《けんこうこつ》や背中、それにうなじのあたりを掠めて動く。

その感触にほっとして、思い切って言ってみた。

「ちょっとだけでいいから、触ってもらっていい？」

「あ？」

「理史くんにキス、してもらったら、滝川……さんのを上書きできたから。さっきまで忘れてたんだけど、理史くんたちが来る前に他のとこも触られてたんだ。思い出したらすごい気持ち悪くなって、すごく厭、なんで」

「——」

とたんに、理史が目を眇《すが》める。指先で和の顎を撫で、さらには唇をするりと辿って、いきなり低い声を出す。

「そういやそんな真似してやがったなあのガキ。……どこにされた？」

「ここ、とか。このへん、も」

喉が弱いせいもあって、冬場の和の寝間着は基本的にタートルネックだ。前開きの襟の上から覚えのある箇所を押さえたら、見下ろしていた理史に露骨に怒った顔をされた。

和自身に向けられたわけではないと知っていても、どうにも後ろめたい。それでつい顔色を窺っていると、ため息混じりに引き起こされてソファの上に座り直させられてしまった。

「ごめんなさい。その」

「謝るな。おまえが悪いわけじゃねえだろ」

ぶっきらぼうに言って隣に腰を下ろしてきたかと思うと、顎を取られてまた唇を塞がれる。ほんの数時間の間に何度も交わしたキスなのに、まだ慣れなくて肩のあたりが緊張した。伸ばした指先で理史の寝間着の袖《そで》を握ったら、わざとのように上唇を唇で食《は》むように引かれる。かすかな音とともに離れたかと思うと、顎にあった指に顔の向きを変えさせられた。

先ほど手振りで教えた首すじのあたりに、理史の吐息が近付く。タートルネックを押し下げる気配が、滝川の時と違って何だかどきりとした。無意識に身構えた和だったけれど、それきり理史に動く気配はなく、つい声をかけてしまう。

「理史くん？　何……」

「……やっぱり蹴り入れとくべきだったか。それでも甘いくらいだ」

ひどく苦い声で言われても、和にはよく意味がわからない。それで黙っていたら優しい体温が首の一点に押し当てられ、やんわりと吸いついてきた。

その瞬間に、「何で」と思ってしまったのだ。

滝川にされた時はただ気持ち悪いばかりで、それ以外の何もなかった。だから、理史に触れてもらったらそれが上書きで消えてすっきりするだろうとしか、考えていなかった。

「……っ、――」

なのに、今のこれはまったく違った。ただ吸われるだけで、その箇所から何かが溶けだしていくような気がする。無意識に逃げかけた肩を強く抱き寄せられて、和はびくびくと背すじを跳ね上げた。

「まさちか、く――」

唇とは明らかに違う、濡《ぬ》れた感触に肌を辿られる。時折止まっては肌が竦むほど吸いつかれ、あるいは啄むようなキスをされる。最初は首すじの示した場所を選んでいたのが、じきに顎の付け根を辿って耳朶《みみたぶ》へと移った。

薄い肌を齧られる痛みと、それとは別の感覚が波紋のように肌の表面に広がっていく。無意識に逃げようとした顎を固定されて、濡れた音に耳殻《じかく》をなぞられた。複雑な形を確かめるように丁寧に輪郭を辿られて、鼓膜に届く湿り気を帯びた音の響きに居たたまれなくなる。

そのくせ、音と連動して背骨沿いを走ったぞくりとした感覚を、快いと感じている。

「……和」

耳元で名を呼ぶ声にすら、ぞくんとする感覚が走った。顎から離れた指に喉から鎖骨までを撫でられて、初めてタートルネックの襟ボタンが外されていることに気がついた。

左右の手のひらに、顎のラインから付け根までを覆われる。掬うように顔を上向けられ、親指と人差し指とで耳朶をいじられて、奇妙な痺れが全身に広がっていく。

寄ってきたキスに、呼吸を塞がれる。少しは知った感覚にほっとして伸ばした指で理史の袖を握ると、触れ合ったままの唇が笑ったような気がした。その直後、首の後ろに回った手にもっと近く引き寄せられた。

唇の形をなぞって動いた体温に、唇の合わせをそっと探られる。なぞるように繰り返し辿られ、下唇を齧られて、そのたび背骨のあたりに何かが走った。いったん離れていった唇に頰や目尻を小さく吸われ啄まれて、再び戻ってきた吐息に苦笑混じりに低く囁かれる。

「和。口を開けてみな」

頭の芯が痺れたようにぼうっとしていて、すぐには意味が飲み込めなかった。やっとのことで理解した和を見透かしたように角度を変えたキスに唇の間をまさぐられて、和はおずおずと口を開く。待ち構えていたようにするりと割って入った体温に深く奥まで探られて、ようやく何が起きているのかを理解した。

「……っ、ん――」

無意識に逃げていた舌先を追われ、やんわりと搦《から》め捕《と》られる。口の中の形を確かめるように探られて、頭の中に知らない感覚が点《とも》った。耳の奥で響く水っぽい音と頬の内側を抉られる感覚に目の前がくらくらして、うまく呼吸ができなくなる。

「ん……あ、ぅ……」

角度を変えて何度も重なってきたキスがようやく離れていったあとで、今の今まで聞いていた甘えたような声が自分のものだと知った。恥ずかしいよりも呆然《ぼうぜん》として、和は指先で触れていた理史の寝間着の袖を握りしめる。

「和、……」

離れていったキスにほっとする間もなく、顎の付け根から耳元に吐息が触れる。飽きるふうもなく顎の裏側から喉の尖りを辿って、タートルネックをかきわけるように喉をまさぐった。そのたびじわじわと肌から浮かんでくる感覚に、熱に浮かされたような心地になる。

「……右膝は。痛むのか？」

耳朶へのキスの合間に問われて、ぼうっとしたまま頷いた。そうか、と返った声の響きがいつもの理史とは違って聞こえて、和は無意識に顔を向ける。待っていたように唇を啄まれたかと思うと、押し殺したような声が耳に入った。

「無理させないよう、十分気をつける。……だから勘弁な」

囁く声と前後して、抱き上げられるのがわかった。三年前の、まだ病院と縁が切れない頃にはたびたびあったことだけに、和はぼうっとしたまま理史の首にしがみつく。連れて行かれる先が病院ではあり得ないことに、この時の和は思い至らなかった。


人の呼吸音は、こんなにも大きく響くものだっただろうか。

滲んだ視界の中、白っぽい天井を見上げて、和はぼんやりとそう思った。

天井の模様に見覚えがあるのはそれが和自身の部屋と同じものだからで、なのに違和感があるのは天井の形を初めて見たからだ。マッサージのためにしょっちゅう和の部屋にやってくる理史とは違い、和が理史の部屋に出向くことはほとんどない。それは遠慮しているせいではなくて、単純にふたりとも寝る時以外のほとんどをリビングで過ごしているせいだ。

その、滅多に来ない理史の部屋で、どうして「こうなって」いるんだったか。

「あ、……ん、ぁ、っ――」

耳に入る声はよく知っているはずのもので、すぐ近くで聞いているのにやけに遠く響く気がする。誰の声だろうと耳を澄ませて気がついた。――和自身の声なのだ。他の誰でもない和が、こんな色のついた声を上げている。

恥ずかしさに、思わず奥歯を噛んでいた。必死で声を殺していると、耳元で遊んでいたキスに顎の付け根を齧られる。辛うじて声を噛むと、今度は頰から眦へとキスが移った。

「和。声、出しな」

「……や、だ……っ、み、っともな――」

「みっともなくない。俺が聞きたい。出して」

低い声は囁きというよりほとんど吐息で、なのに怖いほどの色が載っている。囁かれただけで肌がヒリついて、背骨の辺りで何かが走った。重なり合った身体の間で囚《とら》われた箇所はとうの昔に限界近くなっていて、なのに長い指に戒めとともに焦《じ》らされている。

浅い呼吸を繰り返しながら、感覚でそれを確かめる。上から見ていた人に視線での予告つきのキスをされて、素直に唇の奥を明け渡した。口の中をまさぐられ、舌先を吸われながら、脚の間で手のひらに戒められたはずの箇所を指先だけで擽《くすぐ》るように撫でられた。

リビングから連れ出されてこのベッドに下ろされた時、和はまず理史の部屋が珍しくてぼんやり周囲を見回していた。その次に思ったのは「ベッドが広い」で、これはセミダブルかそれともダブルだろうかということだ。部屋の主に訊いてみようと思ったその問いは、けれど急いたようなキスに飲み込まれて未だに口に出せていない。

ここに来た時はきっちり着込んでいたはずの寝間着は、たぶんもうベッドの上にすらない。上から覆い被さってくる体温は衣類越しでなくダイレクトに伝わってきて、互いが素肌だということをはっきり伝えてきていた。

「ン……っぅ、ふ、ぁ――」

長く続いたキスが離れて、今度は喉から胸元に落ちる。鎖骨の形を辿ったかと思うと、先ほどさんざんに指先とキスで弄《いじ》られて尖っていた箇所を啄まれた。

びくんと思わず揺れた腰が、押さえつけるような力で抱かれる。拘束に近い抱擁に無意識にたじろいだ時、わざとのように胸の尖りに歯を立てられた。とたんに走ったじわりと滲む痛みとは別の感覚に、和は泣きたいような気持ちになる。

恋人同士のこの行為を、拒否しようという気持ちはなかった。それ以前に疎《うと》いからあまり念頭になかったと言っていいし、そもそも理史がその気になるとも思っていなかった。そのくせ告白してキスされて喜んでいたのだから、もちろん自分にも落ち度はある。

けれど、まさか今日の今日でとは考えてもみなかったのだ。夕飯前も風呂上がりも理史はいつも通りだったし、ついさっきは疲れているから早く寝ろとまで言ってくれていた。

それなのに、――どうして。

「あ……っん、――」

執拗《しつよう》に胸の尖りを齧っていたキスが下がって、臍《へそ》の窪《くぼ》みを撫でていく。腰骨のあたりに落ちて、キスだけでなく指先でも探られた。

限界に近かった熱がさらに上がるには、それだけで十分だ。なのに、さらに下へとキスが動く。ぼんやりしていた和がそれと気づいた時にはもう遅く、限界の際に近いところまで追い詰められていたその箇所を深いキスに含み取られていた。

何が起きたかわからずに、ただ全身が引きつった。早すぎるせいで呼吸を詰まらせながら反射的に顔を向けた先、開いた膝の間に理史の顔が埋まっているのを知って、頭を殴られたような心地になる。

「……っぁ、——!」

厭だ、と声を上げたはずが、まともな音にもならなかった。頭に浮かんだのは「駄目」と「きたない」というふたつの単語だけで、衝動的に手を伸ばす。引き剝《は》がすつもりで理史の頭に触れた指は、しかしすぐさま互いの指を組み合わせる形で握られて、シーツの上に押し付けられた。

水っぽい音が耳につく。身体の中で最も過敏な箇所を濡れた体温にまさぐられ、時折強く吸いつかれて、色の濃い悦楽がじわりと滲む。押し寄せては退《ひ》いていく波に揺らされて、後戻りのできないぎりぎりの際まで追いつめられていく。身動《みじろ》いだ拍子に腰が揺れたのを利用する形で煽《あお》られて、和はその場で消えてしまいたくなった。

「まさちか、く……」

他に縋るものが見つからず、握られた指にただ力を込める。喉からこぼれるのは意味のない音と、今、誰よりも近くにいる人の名前だけだ。

呼吸が詰まって声が溢《あふ》れ、身体の中で熱が溜まる。逃げたいのに逃げ道がなくて、そこかしこで熱が暴れて温度を上げる。わずかにもずり上がって逃げたはずが、執拗に追われ、かえって深くまさぐられて、目の前が大きく弾《はじ》けたのが見えた。

「——……」

半分意識が飛んだまま、終わったんだと漠然と思う。それなのに、和の手を離した指に腰を摑まれて、ひどく優しく引き戻された。びくりと大きく震えたのを知ってかかすかに笑う気配がして、間を置かず目の前に影が差す。

和、と呼ぶ声はいつもと同じようでまったく違う色があって、どんな顔をすればいいのかわからなくなった。思考が混乱したまま勝手に手が動いていて、当たり前のように相手にしがみついて、その感覚でようやく相手が理史だと納得する。

肩で息を吐いていているうちに、近くなった気配に呼吸を塞がれる。顎を振って息苦しさを訴えると、苦笑混じりに唇を齧られた。

「きつい？　まだ平気か？」

「よく、わかんな……っ、ん」

言い終える前に、再び脚の間を探られる。過敏になった内側の肌をそっと撫でた手は先ほどまで熱を帯びていた箇所ではなく、腰の奥の思いもよらないところに触れてきた。意味がわからず眉根を寄せた和の眦にキスを落とすと、耳元で内緒話のように言う。

「そのまま楽にしてな。大丈夫だから」

「う、ん……？」

素直に答えたその直後、和はぎくりと身を竦めた。たった今指先が掠めたその場所を、複数の指で確かめるように撫でられた。

「や、……まさちかくん、何、し——」

「ん、だから大丈夫。和は楽にしてたらそれでいい」

理史の声が、ふと遠くなる。見れば理史はまたしても和の下肢に顔を埋めていて、反射的に逃げようとしたら腰ごと強く抱き込まれた。まさかと思った時には腰の奥の先ほど指で探られた箇所を濡れた体温で撫でられて、このまま消えてしまいたいほどの羞恥《しゅうち》に襲われる。

「……っ、や、だっ——」

濡れて柔らかい感触に、まず他人には見せないはずの場所をまさぐられている。そう思うだけで、本気でどうしたらいいかわからなくなった。

訴えたはずの声はほとんど吐息できっと理史には聞こえておらず、摑まれた腰も下肢もびくともしない。逃げ場のなさにまたしても滲んだ視界は、けれど直後に腰の奥にまったく別の感覚を覚えて一気にクリアになった。かすかな痛みとともに身体の奥に割り込んできた違和感の正体はたぶん同じ箇所を探っていた指で、要するにそれが——。

「う、そ……っ」

自分のその声を聞く前に、ひどい違和感のせいで背中が冷えた。言いたいことが言葉にならずただ首を振っていると、下から伸びてきた手に顎を取られて止められる。間を置かず、寄ってきた気配に唇を齧られた。喉から耳元へ動いたキスにやんわりと耳朶に歯を立てられて、腰から背中にぞくりとするものが走る。

「大丈夫だから、楽にしてろ」

囁いた声が最後に落ちた場所は、リビングで和がせがんで「気持ち悪いの」を消してもらったところだ。何度となく執拗に吸われ齧られたせいか、何もしなくてもヒリつくように痛い。今度はそこを啄まれて、とたんに喉から声がこぼれてしまう。

言いたいことはたくさんあるのに、うまく言葉にならなかった。耳朶を食んでいたキスはじき頬から顎に移って唇を割り、和の舌先を搦め捕っていく。強引だけれど優しいキスに溺れて溶けかけた意識の底、腰の奥で指を沈めた箇所を探られる違和感がひどい落差を生んで、現実感を失わせていく。

厭だとごねるたび、優しい声であやされる。助けてほしいと頼んでも頷くばかりで、指の動きは弱まりすらしない。それなのに逃げたくないし、離れたくないと思ってしまう。肌の底で渦巻く熱は行き場を失い暴走しかけていて、自分でも持て余すしかできなかった。かすかに聞こえる泣き声はきっと自分のもので、助けを求めているのに露骨な色を帯びている。

低い声に摑まっているように言われて、震える指に力を込める。初めて直接しがみついた理史の背中は手触りすらもしなやかで、やっぱり格好いいと頭のすみで思った。腰の奥で蠢《うごめ》いていた指が離れていく感触にすら鳥肌が立って、和は感覚だけを追いかけている。

楽にするように言われて、壊れたようにただ頷いた。間を置かず落ちてきたキスがひどく甘いことだけはわかって、ほっと緊張が緩んでいく。その間合いで大腿《だいたい》を押さえられて、身体の奥を深く穿《うが》たれた。

強い違和感と圧迫感に、声にならない悲鳴がこぼれる。反射的に捩った腰は強い腕で引きつけられるばかりで逃げ場はなく、押しのけるはずの腕で無意識にしがみついている。――今助けてくれる人は理史だけだと、身体が判断したようだった。

耳元で何度も名を呼ばれ、大きな手でそこかしこを撫でられる。口角を啄んだキスは歯列を辿るように動いて、じきに吐息を共有するような深いものに変わった。互いの身体の間にあった過敏な箇所は別の手にそっと握り込まれて、そこからざわめくような感覚が波紋めいて広がっていく。

「……和」

唇が触れ合う距離で名前を呼ばれて、それだけでじわりと肌が熱くなる。背中にしがみついたままで目の前の喉元に額を寄せると、囲い込むように優しく抱き締められた。

顎の下に食いついたキスが、耳元へと移っていく。ざわめく肌がさらに熱を上げていくのを、感覚だけで知った。

「もう少し、な」

低い声を聞いたのは、どのくらい経った頃だろうか。身構える前に揺さぶられて、腰の奥からこれまでとは違う感覚が滲むのがわかった。続けざまの波に押し引きされて、肌の内側が大きなうねりを生む。寄せ返すたびに高く濃くなっていく悦楽に、頭の中が白く染まった。

自分が泣いていることにも気づかないまま、和は激しいうねりの底に放り込まれた。

9

翌朝、目覚めた時はすでに周囲は明るくなっていた。

見上げた天井の形で、そこが自室でないことはすぐにわかった。ぐるりと視線を巡らせた先、閉じられたカーテン越しの明るさにとうに日が高いのを悟って、和はぼんやりと寝坊したらしいと思う。壁際に作り付けられた天井までの書棚を目にして、自分が理史の部屋にいるのを理解した。

もぞりと寝返りを打とうとしたけれど、全身が泥のように重かった。右脚の調子が悪いのかと慣れたふうに思ったあとで、特に重いのが右膝ではなく脚の付け根や腰のあたりだと気づく。どうしてそこがと考え込んで、その三秒後に前夜の経緯をすべて思い出した。

「う、わ……」

喉から上がった声は微妙に掠れているだけでなく、素《す》っ頓狂《とんきょう》な響きがあった。

たぶん真っ赤になっているだろう顔を押さえて毛布の中で悶絶《もんぜつ》しながら、今この場に理史の姿がないことに感謝する。どうしてあなってしまったのかと思い返して、今さらのように思い当たった。

……昨夜、和が理史に頼んだ「アレ」はもしかしてもしかしなくても挑発したとか誘ったとか、そういうことになるのではなかろうか。

認識した瞬間に顔から火を噴きそうになって、和はさらに毛布を手繰《たぐ》り寄せる。すっぽりとくるまりながら、できれば今日明日明後日、いや一週間くらいこのまま放っておいてくれないだろうかと心底願って、その端から無理だなと確信する。――そういう不摂生を絶対に許さないのが理史なのだ。

こつん、とノックの音がした。ついで、低い声で「和？」と呼ばれる。

「和。寝てるのか？」

層になった毛布の底で、和は寝たフリをする。気配が近づくのを感じながら息を殺してじっとしていると、摑んでいた毛布を呆気なく奪われた。予告なしの所行にぎょっとして目を上げると、ベッドの端に立っていた理史ににやりと見下ろされる。

「狸寝入り、下手だよな。顔見えなくてももろバレだ」

「……下手でいいし。ていうかもうちょっと寝るから、毛布返して」

「目、覚めてんじゃねえか。それに、もうじき昼だぞ。いい加減、寝過ぎじゃねえのか？」

窘《たしな》めるような物言いに少しむっとして、和はもそもそと起き上がった。重い身体を叱咤《しった》して、どうにかベッドの端に寄る。わざと、理史とは視線を合わせずに腰を上げた。

「寝過ぎでいい。部屋帰って寝るからしばらく放っといて」

「おっと」

ゆっくり立って歩きだしたはずが、うまく力が入らずかくんと右膝が崩れた。ひやりとした次の瞬間には、和は理史の腕に抱え上げられている。

「脚も立たないのに無理すんじゃねえよ。摑まってろ」

苦笑混じりの声とともに、呆気なく廊下に連れ出される。その間も、まともに理史の顔を見ることができなかった。

とてつもなく、恥ずかしいのだ。声を聞いただけで全身真っ赤になってしまうものを、体温だとか腕の感触まで加わった日には、その場で蒸発したい気分になった。

そうやって、ひとりであわあわしていたせいで、気づくのが遅れた。ひょいと和が下ろされた場所は自室ではなく、リビングの定位置にあるソファだったのだ。

即座に抗議したら、理史は例の人を食ったような笑顔で切り返してきた。

「身体きついのに部屋でひとりで寝っててどうすんだ。何かあったら困るだろ？　いいからそこで寝てな。すぐ昼メシにしてやるよ」

「……おなか、減ってないいし。寝るんだったら部屋帰るってば」

「却下。トイレ風呂以外は移動禁止。眠かったらそこで寝てろ」

決定事項のように言い渡されて、和はソファの上でブーイングの声を上げる。

「理史くん、それ勝手。ていうか横暴っ」

「それがどうした。今に始まったことじゃねえだろ」

開き直ったような台詞とともに、ころりとソファに転がされた。上から毛布までかけられて、和はつい唇を尖らせる。

とはいえ、こうなってしまえばごねても無駄だ。観念するしかないと諦めて、ソファと毛布に挟まったまま寝やすい姿勢を探しているうちに気がついた。

和が着ているグレー系のストライプの寝間着は、理史のものだ。長すぎて完全に指先まで隠れる袖も、露骨なまでに借り物仕様だった。

和の寝間着があるのにどうして、とも思ったが、それはいったん棚上げする。それより、自分でこれを着た覚えがまったくない。要するに誰かが着せてくれたわけで、それが誰かと言えば消去法により一名に限定される。

「…………」

危うくその先の「なにゆえそういうことになったか」に記憶が及びそうになって、慌てて思考を打ち切った。――そんなもの、ここで思い出すのはあまりに恥ずかしすぎる。何より、理史の顔が見られなくなってしまう。

思考の端をぎゅうぎゅうに折り畳んで鍵つき箱に押し込み、施錠した上で布団巻きにして縛り上げるのをイメージしてどうにか気を落ち着かせる。視線を感じたのはそのあとで、そろりと顔を向けてみて本気で泣きたくなった。

食事の支度をすると言ったはずの恋人が、どういうわけだかまだソファの傍にいて、にやにや笑いを浮かべていたのだ。

「顔を見ていたいし、なるべくくっつきたいから、おまえの定位置はここだ。異論は却下するからな」

人を食ったような笑顔のままで、唇を齧るようなキスをされた。爆発したかと思うほど熱くなった顔を至近距離からじっくり眺められて、仕上げのように額にキスをされる。それから悠然と腰を上げ、キッチンに行ってしまった。

「……うう」

ソファと毛布に埋もれたままその背中を見送って、何ともむず痒い気持ちになった。

保護者の時の理史も甘かったが、恋人になった昨夜からはさらにグレードアップした気がして仕方がない。たとえて言えば、前者が粘りのないさらりとした砂糖水だとしたら後者は水飴《みずあめ》か蜂蜜《はちみつ》といったところなのだ。甘いだけでなくとろりと粘っこくて密度も濃くて、和の気持ちはもちろん五感や意識すらも搦め捕ってしまう。とてもではないけれど、慣れる気がしない。

そのくせ、癖になりそうに怖い甘さなのだ。何しろ朝食兼昼食に作ってくれた具沢山の雑炊を、危うく匙《さじ》で口元まで運ばれる羽目になりかけた。全力で断って自分で食べたけれど、その間もぴったり隣にくっついて座っている。

これで食事中まで和を眺めていられた日には怖いではすまなかっただろうけれど、幸いにして理史はその間、仕事のらしい書類を読んでは余白にメモ書きをしていた。

気にはなったが勝手に覗くのはマナー違反だろうと、和はあいていた左手で理史の袖をつんと引っ張った。端整な顔がこちらを向いたのを確かめて言う。

「何の書類？　クリスマスイベント関係？」

「いや、来年のバレンタイン企画」

「そっか、そろそろ準備しなきゃだっけ。……どんなのか見てもいい？」

「食ったあとでな」

さっくりと言われて頷いた。作ってくれた人が隣にいるのに、ながら食べは失礼すぎる。

食事に戻った和が丼の中身をからにしたのとほとんど同時に、インターホンが鳴った。

このマンションのインターホンには、一律で画面がついている。集合玄関で呼び鈴を鳴らした人物の映像を一定時間表示してくれるというものだ。

ソファに腰掛けたままでその画面を眺めやった理史が、露骨に厭そうな顔になる。あいにく理史ほど視力がよくない和にはその画面に人が映っていることしか見て取れず、一向に応対に出る素振りがない傍らの男を怪訝に見上げてみた。

「居留守すんの？　いいんだ？」

「いい。――はずだったんだが、無理だな。可哀想だ」

ぼそりと言うなり腰を上げた理史が、ため息混じりにリビングの入り口に向かう。インターホンの受話器を取ると、本当に厭そうな声で言った。

「美花だけ上がって来い。聡は帰れ」

『えー、何それ、ひどくない？』

かすかに聞こえてきた声は、確かに八嶋のものだ。そのままやいやい言い合ってから、理史は渋い顔でソファに戻ってくる。

「八嶋さんだけ帰れ、なのは理由ある？」

「ないとは言わない。つーか、見られてヤバいのは俺じゃなく和の方じゃねえか？」

「……何でおれ？」

「滝川の家から一緒にいただろ」

「ああ、うん。そうだっ――」

あっさり頷きかけて、急に思い出した。

あの時の和には理史しか見えていなくて、理史の反応を気にするばかりでいっぱいいっぱいだった。けれど、八嶋は昨日のあの騒動の一部始終を見聞きしていたはずなのだ。

今度こそ、頭から毛布を被って寝室にこもりたくなった。

美花だけ置いて、八嶋は帰ってくれないだろうか。――もちろん口に出しては言えないし、そもそも理史が言っても聞かないものは和が抵抗したところで無駄というものだ。

「もしかして、何か言われたり、する？」

「それは明日以降だろ。美花がいるから今日はねえよ。そのへんの仁義は守るはずだ」

言いながら、理史はソファ脇の籠《かご》から引き出したストールで和の首から肩を手早く覆っていく。

「あいつらが帰るまで外すなよ。八嶋に見せるのは業腹《ごうはら》だし、美花に見せるのはまだ早い」

「え、何で？　十分あったかいよ？」

暖房に加えてソファの上に毛布巻きで、しかも中には電気膝掛けだ。どうしてわざわざと怪訝に見上げていると、理史はとても微妙な顔になった。「ちょっと待ってろ」と言い置いて離れていって、戻ってきた時には折りたたみの小さな鏡を手にしている。和に押しつけるなり、巻いたばかりのストールを外してしまった。

促されるままに小さな鏡を覗き込んで、ぽかんとした。

大きすぎてはだけ気味になる寝間着の襟から覗く喉や首すじに、赤い痕《あと》がいくつも見えていたのだ。そして、怖いことにその箇所にはある共通点がある。

昨日、滝川に吸われた記憶が厭で、理史に上書きを頼んだ場所なのだ。確かにその箇所に、昨夜は痛いくらいにキスをされた。

「ま、さちかくん、……これ」

「あのガキの痕なんか残しておけるわけねえだろ。心配すんな、次からは襟が高いのを選んで着せてやるよ」

「最初っからつけなきゃいい、んじゃ……だってこれ、見る人が見たらわかる、よね？」

言ったあとを追いかけられたように、かあっと顔が熱くなった。そんな和に、理史はあっさり宣言する。

「却下。その選択肢はなし」

今度こそ和が絶句していると、インターホンが鳴り響いた。モニターが反応しないところからすると、どうやら部屋の前からだ。

再び和の首にストールを巻きながら、理史は言う。

「とりあえず、美花には秘密にな。話すにしても、状況が落ち着いてからだ」

「ああ、うん。それはもちろん……？」

要するに、状況が落ち着いたら美花には話すという意味だろうか。――和と理史がそういう間柄になったことを？

「や、でもそれって」

言い掛けた時にはもう、理史はリビングから出ていくところだった。その先は、思い悩む暇もなく八嶋と姉が連れだって顔を見せる。

ソファの上の和を認めるなり、八嶋はきれいな笑顔を浮かべてみせた。

「疲れてるねえ。顔色は悪くないけど、脚の具合はどうかな」

「おはよう、ございます。えーと、昨日はいろいろ、ありがとうございました。ちょっと疲れてますけど、脚は思ったより平気です」

何のかんのと言ったところで、この人もきちんと気にかけてくれているのだ。改めてそう思い、きちんと頭を下げておいた。

「いえいえ、どういたしまして。とても珍しいものを見せてもらったから、昨日のは全部チャラでいいよ。あ、これお見舞いね。理史、コーヒー淹れて。四人分」

「……だから何でおまえが仕切るんだよ」

むっつりと文句を言った理史は、けれど八嶋がつきだした箱を素直に受け取ってキッチンに向かった。傍にいた姉の美花が手伝おうかと声をかけたのには、対照的な笑みを向ける。

「美花は和んとこ行きな。ゆっくり座ってろ」

「うわー、露骨な差別」

「区別してんだよ。一緒くたにすんな」

じろりと八嶋を眺めて、今度こそ理史はキッチンに入る。感心したように眉を上げた八嶋は遠慮がちにする姉を手招きし、さくさくと和の隣に座らせてしまった。

心配顔の姉に具合はどうなのかと訊かれて、和は「大丈夫」と即答した。

「どうってことないよ。転んで膝打っただけだし、検査も異状なしだったし」

「そうなの？　でも」

「昨夜はちょっと冷えたから、それが応えたんじゃないかな。表情はそう悪くないよね」

心配げな姉にどう言おうかと悩む間もなく、八嶋があっさり会話を浚っていく。

「そうですね。そんなとこです」

肯定して笑ってみせたら、それで姉はほっとしてくれたようだ。理史がコーヒーを淹れて戻った頃には、雑談に花が咲いていた。

昨日あのあと、姉はタクシーで自分の住まいに戻ったという。八嶋から連絡を受けて和の無事を知ったものの、どうにも気になって顔を見にきたという話だった。

「そういえば姉さんて、今どこに住んでんの。大丈夫なところ？」

「滅多に外には出てないから大丈夫。必要なものは八嶋さんと、時々理史兄さんが届けてくれるから」

柔らかい笑顔での返事に納得しかけて、気がついた。それでは、主に世話をしているのは八嶋の方なのだろうか。思わず視線を向けたら、その八嶋は頬杖をついたままで軽く笑う。

「近いからね。あと、理史はマンションも職場もマークされてたけど、僕は和くんがウチに来るまでノーマークだったし、まあ妥当でしょう」

「近いって、もしかして同じマンションとかですか？」

「外れ。事務所の上」

「え？　上って……あの上？」

「そう。いろいろ都合いいからねー。ビルの中に入ってしまえば、事務所に行ったか上にあがったかは判断つかないし。なので、生活必需品とかは僕が届けてました」

ぽかんとした和を見てやけに嬉しそうに笑うあたり、八嶋はやはり理史の友達だ。何の脈絡もなしにそう思い、これまでまったく気づかなかった自分に呆れた。

「じゃあ、今度からそれ、おれがしますよ。あ、でももしかしてまずかったりしますか？　おれが動くと姉さんが見つかるとか」

「んー、念のためもうしばらくは慎重に、かな」

「了解です。じゃあ、そのへんは指示待ちで」

昨日の別れ際の滝川はずいぶん萎《しお》れた様子だったものの、だから諦めるとは限らない。考えてみれば、八嶋は理史が和を車に連れていく間にもずっと滝川の傍に残っていたのだ。その上で「慎重に」と判断したなら、聞いておくのが得策だろう。

「それはそうと理史、この様子だと和くんにお説教してないよね？」

お土産のケーキを和と姉が平らげた頃に、コーヒーだけを飲んでいた八嶋がきれいな笑顔でふいに言う。

きょとんとした和をちらりと眺めて、理史は思い出したような顔をした。

「そういえば言ってなかったな。忘れてた」

「駄目だなあ。僕はきっちり美花ちゃんにお説教したのに。——まあいいや、じゃあ和くん、ちょっと僕とお話しししようか」

問題児に話しかける保育士よろしく胡散臭《うさんくさ》い笑顔を向けられて、そういえばと思い至る。——昨日の和の行動は、八嶋や理史からくれぐれも「するな」と言われたことばかりやらかしているのだ。

果たして八嶋の「お説教」は正統派で、反論の余地はなかった。曰く、人に言われたことはきちんと守りなさい、勝手な判断で動くんじゃない、何かあったらまず先に連絡するものだ。信用できない相手の車にほいほい乗ってどうする、もっと警戒心を持ちなさい。

「今回は美花ちゃんの機転で助かったけど、いつもそうとは限らない。そのへんは肝に銘じておくこと。いいかな？」

聞いた話によると、姉は昨日、出がけの和の携帯に自分のナンバーを登録した際にGPS機能をオンにしておいたのだそうだ。和が出てすぐに八嶋に連絡を入れて状況説明をし、その後はGPSで、和の印が隣の市に向かうのを知って「もしや」と思った。それで、持っていた自宅の鍵と和の位置が表示された自分の携帯電話とを、そっくり八嶋に預けたという。

そのおかげで助かったのだから姉には感謝しているし、八嶋の説教ももっともだ。そこには異論なく素直に頷いた和だったが、一部注意に関してはどうにも「違うだろう」と思えて仕方がなかった。

「けど、昨日のはイレギュラーですよね？　だって、向こうの気まぐれであぁなっただけだし。本来だったら、おれは適当なところで車から降ろされて終わりだったはずで」

「和くんね。それ、本気で言ってるかな？」

「え、だって向こうの目的は姉さんじゃないですか。おれはおまけっていうか、八つ当たりされたようなものだし」

姉のガードが固いから、腹いせのつもりで和にした――というのが妥当だと思うのだ。素直にそう主張したら、八嶋にはため息をつかれ姉には困った顔を向けられ、理史に至っては顰めっ面になってしまった。

「理史。大変だとは思うけど、意識改革頑張って」

「了解。……美花も協力よろしく」

「えーと、わたしにできることがあるんだったらいくらでも言って？」

三人で何やら言い合う様子に、子ども扱いされている気がしてきた。この面子《メンツ》では仕方ないかと諦めて、和は手近にあったクッションを抱え込む。

コーヒーカップがからになった頃合いで、姉と八嶋は帰っていった。念のため、八嶋が姉を送っていくという話だった。

ソファに座ったままでそれを見送ったあとで外したストールを畳みながら、和は姉の憂いが早く晴れたらいいのにと思う。

「姉さんの離婚って、やっぱり長引きそう？」

ふたりを階下まで送って戻ってきた理史は、和の唐突さに驚いたふうもなく言う。

「いや。案外早く決着がつくんじゃねえかな」

「そうなんだ？　でも、前は時間がかかるって……」

首を傾げた和の隣に腰を下ろして、理史は少し顔を歪めた。ひょいと伸ばした腕でやんわりと和を抱き込んで言う。

「昨日の件で、滝川がかなりショックを受けたからな。美花に逃げられて会ってもらえないだけでもキてたのを、和にまでばっさりやられてダブルで応えたらしい。どうやら、脅しさえすれば和は言いなりになると思ってたらしくてな」

「……おれ？」

「そう。ついでに、俺はライバル認定されていたらしい。美花も和も奪られただのと言いやがったから、美花はてめえのもんじゃねえが俺のもんでもない、和は俺のもんだから以後近寄るなと言っておいた。ずいぶんおとなしくなってたし、次やらかしたら警察に被害届け出すと言っておいたから、前ほど逼迫《ひっぱく》した状況でもないんじゃねえのか」

「…………」

言われたことはちゃんと理解したはずなのに、半ばの「和は俺の」云々を聞いた瞬間に全部が頭から蒸発した。隣合ってくっついて座っているだけで、顔が真っ赤になっているのが自分でもわかる。

慣れたくないのに、慣れてしまいそうだ。――慣れたいことには、なかなか慣れないのに。

思いながら俯いたら、伸びてきた指に顎を取られて顔を上向けられた。どうにか視線はよそにやったものの、じっと見下ろされているのは厭というほどわかる。

理史が、喉の奥で笑うのが聞こえた。

「和、真っ赤っか」

「……！　い、ちいちそういうの言わなくていいし！　もうおれ寝るから、理史くんはそっからどいてっ」

言いながら、和は傍らの大柄な体軀《たいく》を押しやってみる。当然のことにびくともせず、かえってきつく抱き込まれて諦め半分に息を吐く羽目になった。

どうしたところで、力で敵《かな》う相手ではないのだ。それに、正直に言えば逃げたいわけでもない。

「そういえば、クリスマスな。店が忙しいんで当日は厳しいが、二十五日以降に何かやりたいらしいぞ」

「……それって、八嶋さんだよね？」

「あたり。表向きの口実はクリスマスで、陰の理由は美花と和の慰労会だそうだ」

「それ、ただ自分が賑《にぎ》やかにしたいだけじゃん。でも、姉さん呼んで何かするのは賛成。たまにはどっかで発散しないと保たない気がするし」

ここしばらく、姉はろくに出歩けていないはずなのだ。大学では友人に、バイト先では八嶋にくっつかれていた和でもかなりのストレスがあったのだから、相当にきついに決まっている。鬱憤《うっぷん》晴らしを兼ねて何かできるなら、望むところだった。

「だったら日程はまた相談するか。あと、中野くんへのお礼だな」

「全部終わってからでいいって言われたよ。そのうちまた希望聞いておくけど……まだ大学でも見張りつき続くんだ？」

「和を見張ってるんじゃなく、滝川に警戒してるだけだぞ？」

返った声音と表情で、言っても無駄だとわかって、和はため息混じりに理史を見る。

「……あのさ、考えたんだけど。おれに本店の出入りを自粛させたのって、もしかして滝川さん関係だったりする？」

「するな。あの時点ではまだ美花から相談を受け始めたばかりだったんだが、念のため警戒はしておいた方がいいと思ったんだ。俺やおまえの所在を掴もうとした時に、一番最初に住所が割れるのは間違いなく本店だと踏んだ」

即答に、納得すると同時にほっとした。その様子を眺めていた理史が、ぽそりと続ける。

「って建前で、聡を納得させた。本音は別だ。あの男とおまえを会わせたくなかった」

「え、……」

「三年前におまえに妙な真似しかけた奴なんか、近づけたくなくて当たり前だろうが。また何かされた日にはたまったもんじゃねえと思ったら、実際仕掛けて来やがったしな。……まさか、こっちが知らない間に顔合わせてるとは思わなかったぞ」

「ごめん。いきなり大学に押し掛けて来られて、断れなかった、んだけど」

会っていたことと、それを話さなかったこと。二重の意味で謝った和に、理史は少し怖い顔をして言う。

「もし今後似たようなことがあったら、友達に頼んで逃げるか大学に籠城してこっちに連絡しろ。本店直通ナンバーでいい。正直、聡から連絡があった時は寿命が縮んだ」

最後に付け加えられた言葉に神妙に頷きかけて、本店直通ナンバーの一言にぎょっとした。

「や、でもそれって公私混同っていうか絶対仕事の邪魔になるって」

「そう思うなら送り迎えは継続な。明日から今まで通り俺が行くから、おとなしく待ってろ」

「って、結論そこ？　いくら何でも過保護過ぎじゃんっ」

泡を食って言い返したとたんに、密着していた腰をさらにきつく抱き寄せられた。おまけに笑ったままの目元が近づいてきて、あっさりと呼吸が塞がれてしまう。

抗議のつもりで振り上げた手を取られ、互いの指を組むように握られる。深くなったキスを受け入れながら薄く目を開いてみると、睫《まつげ》が触れそうなほど近くで理史と目が合った。

かすかな音を立てて唇が離れていったあと、和はむうっと理史を睨んで抗議する。

「前から思ってたけど、理史くんておれのこと保護が必要な子どもだと思ってるない？　そりゃ、脚のことで面倒はかけてるけどっ」

「脚に注意するのは子ども扱いじゃなく、相応に必要な配慮だ。ついでに、子ども相手にこういうアトがつくような真似をする趣味は俺にはねえよ」

揶揄《やゆ》するような声とともに寝間着の襟を引っ張られ、覗き込むようにされた。

かあっと顔が熱くなった。理史の手を振り払い、襟元を摑んで和は上目に睨みつける。

理史が、少し困ったように――そのくせ面白がるように笑う。和の頰を指で撫でて言った。

「和にこうなのは昔からで、今に始まったことじゃねえだろ。第一、恋人ってのは甘やかしてなんぼだ。仕方がないと思って諦めな」

今度こそ絶句して見上げていると、またしても唇を齧られた。そんなのは困ると思いながらどこかで喜んでいることも確かで、和は返答に詰まる。それを見て、理史が笑った。

この距離に、不満はない。できるだけ長く、ずっと一緒にいたいと思う。

弟分でも又従兄弟でもない、――誰よりも近い恋人の場所で。

もっと近くへ

■

いつから気になっていたのかと訊《き》かれたら、最初からと答えるしかない。

浅川理史《あさかわまさちか》が小学校六年の秋に、遠縁というより家族に近い間柄の家に生まれたその子ども——浅川和《なぎ》は、長じてどことなく途方に暮れたような雰囲気を持つようになった。

実際に途方に暮れていたのだと思う。しゃきしゃきと喋《しゃべ》る世話好きの母親とのんびりおっとりした父親と、七つ年上の朗らかな姉——その家族の中で長男として生まれた和は、ある意味見事なまでに自己主張が下手くそだった。

人見知りの上に場所見知りもあったようで、初めて出向いた場所ではしばらく息を潜めるように周囲を観察する。知らない人、または知っていても親しくない相手に声をかけられると、黙ったままでフリーズしてしまう。

誕生日やクリスマスのプレゼントを求めに行ってもただ売り場を見回すばかりで、自分から「これがほしい」と主張することがない。そのくせ、何だか切なそうな顔でじっと目当てのものを見つめている。

近づいて頭の上にぽんと手を置いてみたら、困り切った顔で見上げてくる。どれがほしいのかと訊いてみても、目をまん丸にしてこちらを見つめるばかりだ。

周囲の状況次第で、確実に食いっぱぐれるタイプだ。もちろんプレゼントの類《たぐい》ももらいはぐれるだろうし、そうなったことを自分から主張することもおそらくは、ない。

（で？　和はどうする？）

だから、いつも理史はそう質問した。傍にいれば求めているものは一目瞭然だったけれど、どういうわけか和本人の言葉できちんと言わせたかった。

問われれば、和はきちんと答える。幼い子どもに特有の真上を見上げるような仕草をして、少し舌ったらずな声で「あのね」と口を開く。

そのイメージは思いのほか長く続いた。就職後に機会を得て出た海外修業から帰国し空港に降り立った時点でも、理史にとって又従兄弟《またいとこ》の和は「途方に暮れた子ども」だった。

だから、空港のだだっ広《ぴろ》いロビーで数年振りに和を見た時には、驚いた。

あのべそかきが、面影はそっくりそのままに大人っぽくなって、けれど変わらない眼差しで理史を見上げていたからだ。

（何だソレ。理史くん、でいいだろ）

記憶とは違う呼び方に違和感を覚えてそう告げると、和は一瞬目を丸くして、幼い頃と同じ顔で笑った。

もっとも、変わらないと思ったのは一部考え違いだった。すでに中学生になっていた和は幼い頃とは別人のように自己主張できるようになっていたし、その年代らしい反抗や反発の態度も見せた。もっとも、それも過去の自分自身を思い返してみれば、まだ素直すぎてまずいんじゃないかと思えるくらいではあったのだ。

屈託なく懐《なつ》いてくるのが可愛くて、時間があれば構いつけた。理史が結婚したあとは遠慮したのか受験のせいかあまり近づかなくなったけれど、離婚後には再び距離が近くなり——和の両親が突然の事故で逝ってしまってからは、理史側が意図的に会う頻度を増やした。

単純に、放っておけなかったからだ。当時の和は、姉の美花《みか》にすら自分の気持ちを言えずに立ち竦《すく》んでいるように見えた。それも、事故以降の後処理や通夜に葬儀と駆け回っていた姉に余分な負担をかけたくないがためだと理史には思えた。

何より、理史が傍にいることで和の緊張が緩むのが目に見えて感じられたからだ。和に懐かれているのは疑いようもなかったし、和のことは誰よりよく知っていると自負してもいた。何かあれば必ず伝えてくるはずだと、思っていたのだ。それだから、突然連絡してきた美花から和が彼女の夫を誘惑したと聞かされた時、即座に「あり得ない」と判断した。その直感は美花と一緒に出向いた病室で、憔悴した和と顔を合わせた瞬間に確信へと変わった。

理史を一目見た和の表情に広がったのは、深い絶望だった。諦めと怒りと焦りが混《ま》じったその表情は、けれど理史が同居を切り出したとたんに期待と希望の色を帯びた。

「……で？　何がどうなってこういうことになってるんだか、説明を訊きたいんだが？」

「ああ、うん。それが、ちょっとした手違いというか」

露骨に皮肉が混じった理史の問いに、八嶋《やしま》は珍しく言い淀んだ。ソファの前に膝《ひざ》をついた理史の手元をまじまじと眺めて、感心したように言う。

「気がついたらコップの中身がなくなってたんだよね。正直、僕としてもまさかお代わりまですするとは思ってなかったっていうのが真相なんだけど」

「その言い草だと、和が自分から飲んだようにしか聞こえねえんだが？」

「自分で飲んだんだよ。社会人になったら少しは嗜《たしな》まないとまずいとか言ってたよ？」

「けど、俺は言ったよな？　絶対、和には飲ませるなって」

返す言葉が険呑《けんのん》になる原因は、まさに理史の腕の中にある。もとい、いると言った方が正しい。顔は真っ赤で手足も熱く、辛うじて開いた目を今にもそのまま眠ってしまいそうなほどとろんさせて、なのにしっかりと理史にしがみついている。それもすでに脚腰が立たないため、半分床に蹲《うずくま》りながら、だ。

「あの、八嶋さんが仰《おっしゃ》った通りよ？　どうしても確かめたいって、和が自分から」

横合いから慎重に口を挟んできたのは、夕方から和と一緒にいたはずの美花だ。内容に引っかかりを覚えて目顔で促した理史に、困った顔で続ける。

「酔っ払うと足腰に来るのは知ってるけど、その先どうなるのかわからないって。……理史兄さんがいたら絶対に飲ませてくれないとも言ってたけど」

そういえば、美花は理史が和に出した「外で酒を飲むのを禁止」を知らなかったのだ。言っておけば抑止力になっただろうにと心底後悔した。

ずっと引っ張られ続けていたコートの胸元に目をやると、不満そうな顔をしていた和がいきなり満面の笑みを浮かべてぺったりと理史に抱きついてきた。

素面《しらふ》の和にはあり得ない人懐こさに、危うく顔が崩れるところだった。

「……理史、十分役得じゃないか。和くんに免じてここはもういいんじゃないの？」

興味深げに和を眺めていた八嶋の揶揄《やゆ》混じりの台詞《せりふ》に、理史は慌てて表情を引き締める。

「勝手に免じるな。こうなるから飲ませるなって言っ……」

「へーえ。それって、他人に見せたくないから？」

にやにや笑いで言われて、美花の前で何を言うのかと顔が歪《ゆが》む。そこで、当の美花が「当たり前です」と口を挟んできた。

「わたしだって、人に見せたくないです。和がこんなになったのって、わたしだって初めて見たし。第一、危なっかしすぎますよ」

「ああ、そういう意味では希少価値だよね。まあ、理史の場合はまた別の理由――」

「聡《さとし》」

腹の底に力を込めて呼ぶと、さすがにまずいと思ったのか八嶋は肩を竦めて黙った。その間にも、和はトリモチよろしく理史にくっついて何とか膝の上に上がろうとしている。目の前での会話は聞こえているはずだが、どうやらまったく理解できていないようだ。おそらく、朝になったらきれいさっぱり忘れているに違いない。

——いったいいつからこんな状態でいたのかと、思うだけでため息が出た。

「……部屋で寝かせてくる。美花、手伝ってくれ」

「あ、うん。手伝うわ」

即答にほっとしながら、懐にもぐり込もうとする和を抱え上げた。べったりしがみついてくる感触に物足りなさを覚えたあとで、自分がまだコートを着たままだったと気付く。大股で廊下に向かいながら、せっかくの機会に惜しいことをしたと頭のすみで思った。

大晦日《おおみそか》の今日、理史は通称本店、正式名「花水木《はなみずき》」で通常通り仕事をしていた。シフトの関係で、理史は閉店の二十二時まで残ると早くから決まっていた。年の瀬に和をひとりで留守番させておく気になれず、一緒に年越しをしないかと美花に声をかけたのだ。

和の連れ去り事件のあと、意気消沈し離婚に応じる姿勢を見せた滝川《たきがわ》があの家を畳んで実家に帰ったことで、美花はひとまず身を隠す必要がなくなった。加えて美花本人の希望と求人の兼ね合いがちょうどよかったことから、つい先日に理史が持つ店のひとつ——三号店のスタッフになったばかりだ。和風創作ダイニングを銘打った一号店・二号店の休みは元旦のみだが、三号店は年末年始の五日間が休みになることもあって、彼女は笑顔で快諾してくれた。夕食は姉弟で先にすませ、帰宅した理史を交えて年越しそばを食べ、除夜の鐘つきと初詣に行く計画だったのだが、そこに思わぬ便乗が入った。八嶋だ。

（それ。僕もご一緒してもいいかなあ？）

間違いなく意図的に、この友人は和を選んで打診した。バイト先上司であり理史の友人であり、滝川の一件では迷惑をかけた相手の頼みを断れる和ではなく、四人での年越しが決まった。その時点で、理史は八嶋に「絶対和には飲ませないように」と厳命しておいた。

和本人には、以前からきつく言い渡していた。けれど、こうなってみれば敗因は明らかだ。「外飲み禁止」なのだから、自宅で飲むには構わないと解釈できてしまうのだ。同席者が姉と職場の上司なら、最悪ソファで夜明かししても大丈夫と考えたに違いない。

しかし問題は「外飲み禁止」ではなく、和本人も知らないもうひとつの酒癖にあるのだ。足腰が立たなくなるまでは、意識があって記憶も残るからいいとしよう。しかしその先さらに飲むと、和は傍にいる人間に懐きまくる癖があるようなのだ。現に理史が帰った時、和はソファの上で美花に膝枕してもらい、子猫よろしくご機嫌だった。

やはり自覚させた上で自粛を言い渡すべきかと悩みながら、理史は美花が押さえてくれたドアの中に入った。壁に寄せて置かれた和のベッドの布団を、めくるよう頼む。

腕の中の和をシーツの上に降ろしたはずが、むずかるような声とともにしがみつかれた。

理史が両手を離すと、かえってムキになったようにくっついてくる。

「ほら、手、離せ。眠いんだったら寝ちまえ」

「んー……っ、ん」

「おい、和。離せって」

「和、どうしても理史兄さんと離れたくないみたいね？」

くすくす笑いの美花に言われて、さてどう答えたものかと悩む。何しろ、美花はまだ理史と和が恋人同士だということを知らないのだ。

「ただの酒癖で、相手は誰でも同じだろ。さっきは美花に懐いてたんだしさ」

「違うと思うわ。だって、兄さんが帰ってくるなり一直線に突っ走って行ったもの。それに、八嶋さんには全然近寄らなかったし」

「……そうなのか？」

限度を超えた和が「こうなる」と理史が知ったのは、和の二十歳の誕生祝いの時だ。本人の希望で飲ませてみたら、足腰が立たなくなったあげく例のトリモチ状態になった。宥《なだ》めても説教しても追ってくるのに困って最後には酔いつぶしたものの、これを外でやられてたまるかと心底思ったのだ。それで翌日早々に、和本人に固く外飲み一切禁止を言い渡した。

「八嶋さんが呼んでもちらっと見るだけで逃げてたから、人は選んでるみたいよ。わたしにくっついてた時と今とでも、和の顔つきが違うもの。ずっと無防備で安心してる感じ」

言いながら、美花はベッドの中の和を覗《のぞ》き込んだ。

理史のコートの袖《そで》を必死で引っ張っていた和が、ふと気がついたように美花を見る。とたんにふにゃりと笑った顔は、子どもの頃に本当に親しい人間にだけ見せていたのと同じだ。

美花が額を撫《な》でるのに任せて、擽《くすぐ》ったそうに笑う。

「すごく新鮮よね。ここまでとは言わないけど、ふだんももっと甘えてくれていいのに」

「まあ無理だろ。特に美花相手じゃな。和は根本的なところでしっかり男だし」

え、と瞬《またた》いた美花を見返して、理史は笑う。

「こないだ、自分から浚《さら》われに行った件。あれはたぶん、和には当たり前のことなんじゃねえか？　美花を守るつもりだったんだろ」

傍で見ていればわかりきったことだけれど、和は美花が好きなのだ。だからこそ、滝川相手にあんな無茶ができたのだろう。

「そうよね。子どもの頃からおとなしい子だったから、あんまり意識しなかったけど」

「頑固でまっすぐだからな。脚が多少の不調になっても、まず自分からは頼って来ない。自己管理もきっちりしてるから、こっちが甘やかしまくったふりで押し切るのがせいぜいだ」

「やっぱり？　——あのね、和の膝って本当のところ、どんな感じなの？」

「今の状態がベストで、これ以上の回復はない。維持するにはそれなりに動く必要があるが、無理をすればかえって悪化する、だそうだ」

切断せずにすんだのが幸運、というほどの怪我だったのだ。複数回の手術と長いリハビリを経て、今は自主的なリハビリと半年に一度の受診で今の状態を維持している。

和本人が異を唱えても送り迎えを続けているのは、痛めた脚にできるだけ余分な負荷をかけないためだ。学内や休日のひとり歩き、そしてバイトでも和はそれなりに脚を使っている。だったらそれ以外の部分で過保護にしてもいいはずだという判断だった。

「理史兄さん。もう決まったことだけど、でも本当にこのまま和をお願いしていいの？」

思い切ったような美花からの問いは、いつか来るだろうと予想していたものだ。

「むしろこっちから頼みたかったのが本音だな。和がいないと日常生活に支障が出る」

滝川との離婚話が無事進み始めたことで、今後和をどうするかという話が出たのだ。

以前に和本人が言ったように、理史との同居は和にとってはあくまで一時避難だ。美花は今後新たに住まいを探すというし、ある程度の期間を置けば賃貸契約に出している自宅に戻ることもできる。そして何より、美花も和も一緒に過ごす時間を望んでいる。

とはいえ、諸々の事情があって現状維持を考える向きも確かにあるのだ。双方からどうしようと相談された理史の本音は後者一択だったが、せっかくできた恋人を離したくないとは、少なくとも美花の前では言いづらい。結果、何となく膠着《こうちゃく》状態になりかけていた。

（おれ、理史くんのとこにいてもいい？　まだちゃんと、返すもの返してないから）

最終的に結論を出したのは、和だ。その一言で美花と理史の両方に許可を求めてきて、ひとまず大学卒業までは和は理史と暮らすことに決まった。

「ありがとう。これからも和をよろしくお願いします。何かあったらわたしにも言ってね？」

「……和が厭《いや》がらない限りは引き受けた」

理史の答えに「それはないでしょ」と笑った美花が、思いついたように腰を上げる。

「そろそろ時間よね。わたし、お蕎麦《そば》の支度《したく》しに行ってくるわね」

「俺がやるよ。いいから美花は一休みしろ」

目をやった時計は、あと小一時間で年が変わることを告げている。

このまま和と好きなだけくっついていたいのが本音だが、目の前に美花がいて、リビングに八嶋が居座っている状況では欲求に流されるわけにはいかない。よし、とばかりに立ち上がって肩にくっついてきた和の手を剝《は》がそうとしたら、美花が笑って言う。

「兄さんは和をお願い。どうしても寝ないようならリビングに連れて戻ってくれる？」

「……了解」

和に抱きつかれたままの理史を置いて、美花は部屋を出ていった。閉じたドアの向こうで気配が遠ざかっていくのを確かめて、理史はぺたりとくっついたままの和の背中を抱き寄せる。ぐいと抱え込むと、ベッドの上で下敷きにしてやった。

下になった和が、驚いたように目を丸くする。その表情に、悩殺された気分になった。

誰にも言えない話だけれど、外飲み禁止に難色を示した和に「家ならいい」という共犯意識のもとで飲ませてトリモチ状態を堪能した過去が理史にはあるのだ。和が知らない間にこっそりやらかしたキスのうち二回も、実を言えばその時のことだ。

もちろん触れるだけのキス以上のことはせず、酔っ払った和にくっつかれまくったあげく最後に酔いつぶしただけだ。とはいえこちらに後ろ暗い気持ちがあったのも明白なので完全に秘匿しているし、今後二度とやるつもりもない。きちんと恋人同士になったのだし、不定期ながらそれらしい時間も持っているのだから、する理由も必要もないはず――なのだが。

「……ほどほどにしておかないと襲うぞ？」

下からじいっと見上げる表情に誘われて額に額を押し当てると、和はふんにゃりと笑って理史の髪に指を差し込んだ。むずかるような声とともにその髪を引っ張られて、とても怪しい気分になってくる。

甘え下手の和は、恋人同士の触れ合いも下手だ。素面で自分から理史にくっついてくることはまずない。夢中で抱き合っている時に、遠慮がちにしがみついてくるのがせいぜいだ。

何かあれば、必ず理史を見上げてくる。それが和の癖であり、同時に甘えでもあると承知している。けれど、恋人同士になった以上はその先も希望したい。なので、これから少しずつでも慣れさせて自ら甘えてくれるよう仕向けようと理史はこっそり決めている。

決めている、のだがしかし、疲れて帰宅するなりのこの仕打ちははっきり言って拷問だ。

どうしてくれようかと悶々と思った時、過去と今回の和の共通点に気がついた。――トリモチになっている時の和は、声は出しても言葉は発しない。要するに、まずいことを口走れるのではという心配をしなくていい。

「蕎麦の支度ができるまで、二十分てとこか。だったらちょっとだけ、な？」

「…………？」

ぽやんと首を傾《かし》げる和は、果たしてこちらの言葉がきちんと理解できているだろうか。たぶん否《いな》だと知った上で、理史は額から鼻先を擦り寄せる。きょとんと見つめる和の唇をそっと塞《ふさ》ぐ間もわざと目を開いたままでいると、間近の瞼《まぶた》がふわりと落ちた。

厭がられるどころか、摑《つか》まれていた髪をさらに強く引っ張られる。ふっと指が髪から離れたかと思うと、今度は理史の首に巻き付いてきた。角度をつけて数回啄《ついば》んでから伸ばした舌先で唇の間をなぞると、和は呆気なく唇の奥を明け渡してくる。

「んー、……？」

和の唇の中は、酒に酔っているせいかやけに熱かった。逃げる素振りもなくぽかんと動かない舌先を搦《から》め捕《と》って吸い上げると、ひどく甘い感覚が滲《にじ》んでくる。

困惑したようにされるがままだった和が、少しずつキスに応えてくる。理史にしがみついて声にならない声でねだる様子は、行為に夢中になっている時と似ているようで違っている。

気がついた時には煽《あお》られて、甘く感じる舌先を執拗に追い回していた。

「――う、……っふ、――」

愉《たの》しんでいる時の二十分は、あっという間だ。横目にしていた時計の時刻を確かめて、理史は名残惜しく唇を離す。小さく息を切らした和はどうやら全身から力が抜けたらしく、理史の首から落ちた手も投げ出されているだけだ。それを左右とも拾って、再び首に回させる。

「動くぞ。摑まってろ」

言うなり抱き上げると、慌てたように指先がしがみついてくる。そんな些細な仕草にすら情動を覚えるのだから、我ながら重症だ。

「もう少し冷静ってーか、落ち着いてたはずなんだがなあ」

過去につきあった女性たち相手の時も、かつての妻を目の前にした時も、どうやら自分は冷めているようだと考えるばかりだった。そんなものだと、相手にうまく合わせればいいと思い、ずっとそうしてきたのだが――案外、それが全部というわけではなかったらしい。考えていると、腕の中がもさもさと動いた。

和が、何やら怪訝そうな顔をして袖で口元を拭《ぬぐ》っている。その意味を知って、苦笑した。

「悪い。こぼしてたか」

キスの余韻で、口元が濡れていたのだろう。耳元で低く謝ってからすぐ傍にあった柔らかい頰を舐《な》めると、腕の中の身体《からだ》がぴくんと動いた。訝《いぶか》しげに見上げてくる顔もまた可愛いと思ってしまうのだから、相当まずいと自分でも思う。

とりあえず、美花には気付かせないことだ。自分で自分を戒めて、理史は和の部屋を出た。

■

年越し蕎麦は無事食べたけれど、除夜の鐘つきと初詣行きは中止になった。

リビングに連れ戻った和が、年越し蕎麦を食べ終えて間もなく寝入ってしまったからだ。和ひとりを置いて行こうとは誰も言わず、初詣は元旦にということになった。

和以外の三人で新年の挨拶《あいさつ》をしたあとで、ひとつ問題が生じた。――ぐっすり寝ていたはずの和が、部屋のベッドに下ろそうとしたらまたしても理史から離れなくなったのだ。美花とふたりして悪戦苦闘していたら、長く戻らないのを気にしてか八嶋が様子を見にきた。

「不可抗力ってことで、和くんは理史のとこで寝かせたら？　美花ちゃんは予定通り布団でも、和くんのベッドでも好きな方使えばいいだろうし」

「久しぶりの姉弟水入らずにそれはないだろ。和は布団ん中に押し込みゃそのうち寝るさ」

「そう？　和くんのベッドってちっこいし、下手したら夜中に理史探して落ちるような気がするけど。下の布団で寝ても、その様子だと寝ぼけて抜け出して転びそうだよね」

「……いくら何でもそりゃねえだろ」

言った先から美花と目が合って、互いが「あるかも」と思ったのが伝わってきた。

「わたしが落ちたり転んだりする分はいいんだけど、和は脚のことがあるから……」

最終的には美花のその一言で、和は理史の部屋に行くことになった。

下ろしかけていた和を再びベッドから掬《すく》い上げて、理史は美花に注意を促す。

「じゃあ、和は俺が預かるから。美花はちゃんと内鍵かけて寝ろよ」

頷《うなず》いた美花に再度念を押して、いったん自室に引き上げた。どういうわけだか理史のベッドに下ろした和はすんなり身体を丸めて眠る体勢になったので、毛布と布団をかけてやる。

納戸で見つけた予備の毛布と布団を抱えてリビングに行き、そこにいた八嶋に押し付けた。飲んだから帰れないとごねられたので、リビングのソファで寝かせることにしたのだ。

「冷えないように気をつけとけよ。寒けりゃ納戸に毛布があるから勝手に取りに行け」

「はいはい。急に悪いねー。ちなみに和くん、二日酔い大丈夫かな。明日、起きられる?」

言いながら、八嶋はソファを即席のベッドに変えていく。遅くまでバタつかれるよりはと手伝うことにして、理史は枕にカバーをかけてやった。

「心配ないだろ。前にああなった時も翌日はけろっとしてたし」

「へえ。強いんだか弱いんだか謎《なぞ》な子だねえ。……まあ、明日は起きてくるまで放っといてやるからごゆっくりどうぞ」

「気遣い無用だ。間違いなく俺の方がおまえより朝が早い。それはいいがおまえ、美花の前で変に匂わせるようなことは言うのはよせ。和が困るだろ」

　理史の返答に、八嶋は「ふうん」と眉を上げる。

「困るのは和くんだけ？　理史は？」

「二年前に覚悟済みだ。けど、和には和のペースがあるだろ」

　年単位で自覚して覚悟を決めた理史とは違い、和には理史と恋人同士でいることに戸惑っている部分が見え隠れするのだ。八嶋にバレている分には和本人も知っているからいいものの、八嶋経由で美花に知られるというルートだけは望まないに決まっている。

「あとおまえ、美花との距離が近すぎだ。自粛しろ」

　ついでとばかりに、先日から気になっていたことを指摘した。すると、八嶋が厭そうな顔で見返してくる。

「それ言うか。理史、小舅《こじゅうと》かよ」

「そうだが文句あるのか。――秒読みといっても正式な離婚はまだなんだし、無事別れたとしても気持ちが落ち着くまでには相応の時間がかかる。そのくらい察して、余計な負荷を与えるんじゃねえよ」

　ここ最近、八嶋の美花への動向が変わっていたのには気付いていたのだ。

　人当たりのいい八嶋は、しかしこれで好みにうるさく気に入らない相手には近寄りもしない。どうしても必要があれば策を弄して自ら近づくこともあるが、基本的には自分のテリトリーから出ない。その八嶋の美花への構い方が、明らかに友人の妹分に対するものではなく本人を気に入ったからのものに変わっている。

多少黒いところもないではないが身内は確実に大事にするし、何より信頼できる人間だ。とはいえ、今の美花にはまだ早すぎる。ようやく夫と別れようという時に次の相手を云々できるほど、あの又従兄妹《またいとこ》は器用にはできていない。

「滝川の件で、美花もおまえに負い目を感じてるはずだからな。そのへんも慎重にやれ」

「うわあ、何その言い方。年単位の片想いが成就した奴はこれだから……一回りも年下の子から告白されたヘタレのくせにさ」

「誰がヘタレだ」

「訂正。ヘタレじゃなくてノロマだよね。和くんにまんまと先越されたし。――嘘だよ。あの子に本気で逃げ場がなかったのは、例の無断外泊騒ぎの時によくわかった。うちで一眠りして起きたとたんに帰ります、ホテルに行きますすだったからねえ」

しみじみと言われた内容に、当時を思い出して苦い気分になった。

あのあと、和以上に自分が頭を冷やすべきだと思ったから、以降十日ほど和に会わなかった。冷静になるまではと、電話もメールもしなかった。

そうして十日後に大学に迎えに行ったら、和から「やはり出ていく」と言われたのだ。もう決めてしまった顔で保護者はいらないと言われたら、返す言葉が見つからなかった。時間を置いてまた説得しようと思いながら、自分の中で空洞が広がったような気がした。

――どうしても手放したくないと、あの時に理史は再確認したのだ。

「あの状況で理史が告白したら、確実に和くんを追いつめたもんなあ。滝川の暴走がなかったら、和くんて間違いなくここを出ていってただろうし」

「もう美花がいるから心配ないだろ。こっちも退く気はねえしな」

「はいはい、ご馳走さまでした。あ、でもいちゃつくのはほどほどにね。和くんのココ、痕《あと》ついてたろ。僕がどうこう言う前に、理史の方がボロ出してバレるんじゃないの」

「……余計なところまで見んじゃねえ。とっとと寝ろ」

「見たくて見るわけないだろうに」

笑う声に背を向けて、そのままリビングを出た。

早足に自室に戻って、驚いた。眠っていたはずの和がベッドの上で枕を抱えていたのだ。

「和？　どうした、目が覚めたのか？」

「ん、う――……」

もぞもぞと唸《うな》ったかと思うと、和はじいっと理史を見つめてきた。目で呼ばれている気がして近づくと、待っていたように抱きつかれる。

忍耐力を試されている気がとてもしたが、今日ばかりは負けるわけにはいかない。気合いを入れて部屋の明かりを消して、理史はベッドに入った。もぞりとくっついてくる和を抱き込んで頭を撫でると、ほっとしたように力を抜くのがわかる。

そのたび身体の内側から生じる感情は庇護《ひご》欲ではなく、欲求と独占欲を伴った恋愛感情だ。ほんの数年前までは確かに弟分でしかなかった相手に、こうまで強い感情を抱いている自分が、理史自身にも不思議で仕方がなかった。


別れた妻とは、いわゆる恋愛結婚だった。

もともと海外修業に行く前からの知り合いだったのが、帰国し「花水木」を立ち上げる準備を始めた頃に再会した。物怖じせずはきはきと喋る向日葵《ひまわり》のような女で、それまで恋人としてつきあっていた相手とは違いむやみにこちらの気を惹《ひ》こうとしない。むしろ仕事上の話が手加減なく楽しくできる、女性としては珍しいタイプだった。

開店準備に知恵を借りた上、話していて楽しかった。結果的に一緒にいる時間が増え、隣にいるのが当たり前になって、だったら結婚もありだろうと考えた。

結婚するのも新生活に入るのもとんとん拍子で、何ひとつ困ることがなかった。互いのスケジュールが合わず顔を見ない日が続いても、どちらも気にすることなく自分の仕事に没頭する。そんな毎日に違和感を覚えたのが、笑えることにふたりほぼ同時だった。

こういうのは結婚とは違うよねと彼女が言い、理史もあっさり頷いた。頭を突き合わせて話し合って、あっさり結論が出て離婚した。

その時点で、理史にとっての和はまだ弟分の又従兄弟《またいとこ》だったはずだ。純粋に、この件に関してはまったく和を連想しなかった。

当たり前の話だ。一回りも年下で生まれた時から知っている相手ともなれば、中学生になろうが高校生になろうが認識のどこかに幼い頃の泣き顔が残っている。だからこそ、あれほどまでに構いつけたのも事実だ。

……だったらどのあたりから変化が生じたのかと思い返した時、最初に思い出す違和感は三年前に和と美花の夫の間で起こった例の事件だ。滝川の言い分のあまりにものあり得なさに、憎悪に近い不快感を覚えた。

二度目の違和感は、同居を始めた和の元に滝川からたびたび連絡が来ているのを知った時だ。携帯電話を握りしめ、固い声で断りだけを繰り返していた和を目にした瞬間に、考えるまでもなく身体が動いた。――取り上げた携帯電話で通話相手の滝川に釘を刺し、翌日には解約と新規契約をさせた。美花にも和にも、絶対に滝川には教えないようにと念を押した。

滝川を、和に近づけたくない。それが明確な意志だということが、ひどく気になった。それでも、その時は無意識にごまかした。――美花は知らないだろうし和本人も言わないが、和は美花たちが結婚する前から滝川を苦手に感じていた様子だったのだ。何より、電話だけであれほど怯《おび》える相手と、無理に付き合わせる理由も必要もないはずだ。そう考えて、とにかく和の前から滝川を排除した。真相が気になりはしたけれど、和を追いつめるよりはと時期を待つつもりで口を噤《つぐ》んだ。

はっきりした形で自覚したのは、和が大学生になってからだ。和の口から聞く、中野《なかの》と桧山《ひやま》という名の友人たちに意味もなく嫌悪感を抱いていた。気のあった友人がいるのは和にはいいことなのに、どうにも気になって仕方がない。結局、和が体調を崩し少し長く休んだ時に見舞いに来てくれた礼として「花水木」本店に招待し、自分の目で見極めた。

彼らにとっての和が、「友人」でしかないことを。ごく自然に大丈夫だと思ったあとで、自分は何を安堵《あんど》しているのかと思った。

要するに、和を誰にも奪られたくないし触らせたくないと考えているのだ、と。

一回り年下の、同性だ。あり得なさすぎて愕然としたものの、心当たりは山ほどあって、観念するかと腹を括《くく》るしかなかった。そのあとで、安易に告白できない状況に気がついた。

男同士ということも大きかったが、それ以上に和の立場が厳しすぎたからだ。先ほど八嶋が言ったとおり、当時の和には理史のところ以外に逃げ場がなかった。三年前の美花の夫との事件は、和の反応を見た限り美花の夫の言い分の被害者と加害者を逆にしたものが真相で、そうなると和にとって男同士の関係は忌避するものとなっている可能性が高い。

下手な告白はすべての均衡を崩し、和の平穏を破壊する。――悟った時点で、理史は「いつかその時期が来るまで」保護者に徹することを決めた。

そのくせ、理史は和に甘やかされているのだ。そのことに、やはり二年前に気がついた。和はただ、少し困った途方に暮れた顔で理史を見つめているだけだ。けれど、その表情を見るたびに胸の中に柔らかい感情が滲んでくる。ただ傍にいるだけで安らいで、和の気配に甘やかされている——。

「……どういう芸当なんだかな」

思わずこぼれたつぶやきに、けれど腕の中の和は答えない。代わりのように小さく動いて、理史の喉元に頭をすりつけてきた。

本当に、いったいどうしてくれようか。——ひどく擽ったく、理史はそう思った。

■

元旦には四人で初詣に出かけたが、夜になって八嶋は帰っていった。明けて二日、理史は通常通りに出勤したが、和は大学の友人と午前中に神社詣でに行くという。午後からは美花の部屋に行くと聞いたため、仕事上がりに事務所が入っているビルにまで車を回した。

車を停めてから連絡を入れると、まもなく和と美花が降りてきた。差し入れの夜食を受け取り、美花と別れて自宅マンションに帰る。その道々で、異変に気がついた。

和の口数が、やけに少ないのだ。さらには微妙に視線を逸《そ》らして、理史の目を見ない。

小さな引っかかりだが、放置するつもりはさらさらない。湯上がりの和にマッサージするから部屋で待つように言い、手早く湯を使ってから和のところに出向いた。

和は、何やらとても困った顔をしてベッドの上で待っていた。

「よし、寝ろ。今日はどのくらい歩いたんだ？」

「えっと、参道歩いて石段少し上がったくらい……杖使ったからそんなにきつくなかったよ」

ぽつぽつと返す和の声が、本人は隠しているつもりなのだろうがわかりやすく硬い。構わず寝間着越しに腰のあたりをほぐしていくと、少しずつ緊張が抜けていくのがわかる。

「で、どこの神社に行った？　人、多かっただろ」

「うん。けど、中野が車出してくれたし、そこまできつくなかったよ。——あのさ、それはそうと姉さんちに行った時に、事務所の前で八嶋さんに会ったんだけど」

「聡に？　何でだ。あいつ、今日は二号店で仕事だったはずだぞ」

「午後休みに書類取りに来たって言ってた。それで、……大晦日のこと言われた」

思わず手を止めて見やったものの、俯《うつぶ》せているせいで和の表情まではわからない。毛布に顔を押しつけているのか、和の声はわずかにくぐもって聞こえた。

「その、迷惑かけて、ごめんなさい。おれ、幼稚園児みたいになってたんだよね？」

わざわざ和にそれを言ったのかと、長年の友人に敵意が湧いた。黙った理史が気になったのか、和がそろりと振り返る。その様子が、隙間《すきま》から飼い主の様子を窺《うかが》う子猫に見えた。

「幼稚園児ってこたねえよ。未成年は飲めないしな」

「……それわざと言ってるよね？　っていうか、理史くんだけは前から知ってたらしいって聞いたけど、そうだよね。だって、おれと飲んだことあるの理史くんだけだし」

「まあ、それはそうだな」

微妙に雲行きが怪しくなった気がして、意図的に止まっていたマッサージを再開する。なのに、和は構わずむくりと起き出した。ベッドの上に座り直すと、上目遣いに理史を見る。その表情を目にして、身体の底で何かがざわりと動くのがわかった。

「訊いていいかな。理史くん、何でそれ教えてくれなかったわけ……って、待ってよ！　そうじゃな――っ、ん、……っ」

顎を捉えて齧《かじ》りついたキスを、すいぶん久しぶりだと感じた。――実際のところ、昨日は一日美花と八嶋が一緒だったし、夜にも和は美花と一緒に自室で休んだため、こうして触れるのは元旦の朝以来なのだ。喉の奥で抗議の声を上げているのがわかっても、離す気にはなれなかった。

「……っ、ま、さちかく――だ、から！　今はおれが訊いてるんでっ」

「別に教えなくていいだろ。和、今日からは俺以外と飲むのは禁止な」

「へ？　何それ。理史くん、横暴っ」

「横暴上等だ。足腰立たなくなるだけで十分ヤバいもん、外で飲ませられるかよ」

攫《さら》われたらどうするんだと、あえて言わなかったが通じてしまったらしい。むうっと唇を尖らせた和に、不満そうに言われた。

「わかった、けど。どうしてずっと黙ってたのか、ちゃんと教えてよ。おれ、思いっきり恥かいたじゃんか」

「そりゃおまえ、もったいないからに決まってんだろ。あんな可愛らしいもん、知ってるのは俺だけでいい」

あえて本音をそのまま口にしたら、とたんに和は真っ赤になる。その唇にキスをしながら、大学卒業までにはどうにか舐める程度に酒の飲み方を教えておこうと決めた。

もちろん、和の今後のためだ。多少は役得な部分もないとは言わないが、それは手間賃というか保育料というか、恋人特権ということにしてもらおう。

できることならそれまでに、この一回り年下の恋人が少しでも甘えてくれるようになればいいと願いながら。

——もっと近くに自分から来てくれる日を、楽しみに。

お付き合いいただき、ありがとうございます。結局、彼岸花はもちろん紅葉もじっくり見に行けず、自業自得とはいえやさぐれ気味の椎崎夕です。

というわけで、今回の話は親しければ親しいほど関係性を変えるのは大変ですよね、というものでした。そこそこ親しいならさほどではないのかもしれませんが、不可欠になっている人とだときっと間違いなく結構いろいろ考えてしまうに違いない、ということで。

そして進行中に一番印象に残ったのが、原稿内にてやらかした変換ミスでした……しかも担当さまに指摘されてやっと気づくという。原因はパソコンで「着替え」「顎」といった日常単語が変換で出てこないためなんですが、解決法を教えていただいたので今後は気づき次第に処置しておこうと決意中です。……担当さまには重ね重ねありがとうございます。そして、本当に申し訳ありませんでした。

挿絵を下さった花小蒔さんにも、多大なご迷惑をおかけしてしまって申し訳ありませんでした。見惚れるような挿絵やカバーをありがとうございます。本の出来上がりが楽しみです。

最後になりましたが、おつきあいくださった皆様に。ありがとうございました。少しでも楽しんでいただければ幸いです。

椎崎夕

✦初出　近すぎて、遠い……………書き下ろし
もっと近くへ………………書き下ろし

椎崎夕先生、花小蒔朔衣先生へのお便り、本作品に関するご意見、ご感想などは
〒151-0051 東京都渋谷区千駄ヶ谷 4-9-7
幻冬舎コミックス　ルチル文庫「近すぎて、遠い」係まで。

幻冬舎ルチル文庫

近すぎて、遠い

2013年12月20日　第1刷発行
2016年 1 月20日　第3刷発行

✦著者　椎崎 夕　しいざき ゆう

✦発行人　石原正康

✦発行元　株式会社 幻冬舎コミックス
〒151-0051 東京都渋谷区千駄ヶ谷 4-9-7
電話 03(5411)6431［編集］

✦発売元　株式会社 幻冬舎
〒151-0051 東京都渋谷区千駄ヶ谷 4-9-7
電話 03(5411)6222［営業］
振替 00120-8-767643

✦印刷・製本所　中央精版印刷株式会社

✦検印廃止

ISBN978-4-344-83003-5　C0193　Printed in Japan